맑은
슬픔

맑은 슬픔

공광규 산문

교육서가

들어가며

등단 30년이 되어서야 첫 산문집을 낸다. 게을렀다는 생각이 든다. 그동안 쓴 시와 문학에 관한 이런저런 내용들이다. 시나 문학과 관련된 글에 내 삶의 흔적들이 묻어 있으니 그냥 자전적 산문이라고 보면 된다. 아니 잡문이라는 말이 더 어울리겠다.

그간 쓴 글을 모아보니 적지 않은 양이다. 겹치는 내용들이 많아서 대폭 덜어내고 고쳤다. 독자들이 이미 읽었거나 인터넷에 떠도는 글과 상당히 다를 수 있다.

산문집을 정리하면서 사람의 성격이나 버릇은 잘 고쳐지지 않는다는 생각을 하게 되었다. 그동안 쓴 글들을 살펴보니 제재나 표현들이 계속 되풀이되고 있었다. 그리고 글이라는 것이 거의가 자기 경험이라는 한 우물에서 길어먹는 것이 아닌가 하는 생각이 들었다. 우물의 물맛이 변하지 않는 것처럼 한 사람의 글맛도 잘 변하지 않는 것 같다.

이 책이 나의 기록으로 남아서 나를 가끔 꺼내볼 수 있는 오래된 서랍이면 만족하겠다. 그리고 몇 사람의 독자가 있어서 내 시를 이해하거나 시를 쓰려는 사람들에게 어떤 도움이 될 수 있었으면 한다.

막상 출판하려니까, 자기고백이 많아 두렵고 부끄럽다.

2016년 9월
일산에서 공광규

제1부

모텔에서
울다

대나무와
느티나무와 시골집

대나무는 세월이 갈수록 속을 더 크게 비워가고

오래된 느티나무는 나이를 먹을수록

몸을 썩히며 텅텅 비워간다

혼자 남은 시골 흙집도 텅 비어 있다가

머지않아 쓰러질 것이다

도심에 사는 나는 나이를 먹으면서도

머리에 글자를 구겨 박으려고 애쓴다

살림집 평수를 늘리려고 안간힘을 쓰고

친구를 얻으려고 술집을 전전하고

거시기를 한 번 더 해보려고 정력식품을 찾는다

대나무를 느티나무를 시골집을 사랑한다는 내가
늘 생각하거나 하는 짓이 이렇다
사는 것이 거짓말이다
거짓말인 줄 내가 알면서도 이렇게 살고 있다
나를 얼른 패 죽여야 한다

―졸시 「거짓말」 전문

위에 인용한 졸시는 『문학사상』에 발표하였는데, 고향의 느티나무와 대밭과 시골 흙집을 제재로 쓴 것이다. 서울의 도심에서 전전긍긍 밥을 구하며 사는 나 자신을 풍자하는 시다. 자기풍자인 것이다. 고향의 대나무와 느티나무와 시골집을 사랑한다면서도 실제 생활은 그렇지 않기 때문이다.

시골집 뒤란에는 대나무 숲이 있고, 오래된 돌담 아래에 앵두나무가 여러 그루 나란히 서 있다. 몇 년 전 추위에 대나무가 많이 죽고 칡넝쿨이 덮어서 대숲은 볼품이 없어졌지만 앵두나무는 여전하다.

이제 시골에는 앵두를 따먹는 사람이 없어서 해마다 바닥에 버려진다. 뒤란은 바닥에 떨어진 앵두로 빨갛다.

집과 텃밭 사이에 목련나무가 서 있고, 텃밭 너머에는 오래된 느티나무가 서 있다. 느티나무 아래에서는 동네 사람들이 남양(1987년 이전에는 사양)이나 청양으로 장을 보러 오갈 때 쉬었다 간다.

여름에는 노인들이 느티나무 그늘 아래에 우두커니 앉아서 동네를 드나드는 사람이나 지나가는 차량을 바라본다. 이런 모습을 「느티나무 아래서」라는 제목의 시로 써서 발표한 적이 있다. 나도 늙으면 낙향하여 느티나무 아래서 지나온 인생을 우두커니 돌아보겠다는 내용이다.

지금도 시골에 내려가면 가끔 그곳에 앉아 책을 읽거나 개울 건너 빤히 보이는 지초실과 곱돌모랭이를 바라본다. 나이 먹어서도 나와 잘 지내고 있는 종기와 피부가 하얬던 경순이네 집이 어디쯤인가 가늠해보고, 용마리 길을 오고갔던 같은 반 복희와 경희, 그리고 민구, 태복이, 영희, 신복이, 형구, 이런 친구들이 어떻게 살고 있을까도 생각한다.

시골집은 1950년 전쟁이 나던 해 여름에 무너져 다시 그 자리에 흙으로 지었다고 한다. 그러니 내가 태어나기 10년 전이다. 동네 사는 재당숙이 어릴 적에 짓는 걸 봤다고 하니 오래된 집이다.

뒤란 대밭에는 전쟁 때 집안 어른들이 숨어서 지내던 굴이 있었다고 한다. 지금은 늙은 홀어머니가 홀로 지키고 있다. 사랑부엌에는 가마솥이 걸린 아궁이가 있다.

공자 77대손인 고조할아버지 석동(錫東)이 부여에 사셨는데, 집에 불이 나서 처가인 청주 한씨 동네로 옮겨와 자리를 잡은 곳이 이 집이라고 한다. 그러니 우리 동네 공씨 종가 터인 셈이다. 이 동네서 고조할아버지 석동, 증조할아버지 의택(義澤), 할아버지 춘식(春植), 아버지 종현(鐘顯)으로 대를 이어 온 것이다.

나중에는 집안 어른들이 아예 부여 은산 억새골에 있던 현조(고조할아버지의 아버지) 재명(在明)의 산소를 동네 뒷산으로 이장하고 비석까지 세웠다. 어른들을 따라 은산까지 걸어서 벌초를 갔던 기억이 생생하다.

시골집 안마당과 바깥마당 화단, 그리고 마당가에는 어머니가 심은 꽃들이 가지각색이다. 칸나, 장미, 천인국, 채송화, 금강초롱꽃, 패랭이, 옥잠화, 봉숭아, 모란, 분꽃, 서광꽃……. 어느 날인가, 어머니는 대문 앞에서 서광꽃이 제일 좋다고 하셨다. 텃밭 가에는 자주색 꽃이 피는 구기자나무 울타리도 볼 만하다.

시골에선 화장실보다 변소라는 말이 더 어울린다. 시골집 변소는 안마당에서나 바깥마당에서나 다 사용할 수 있도록 똥통 하나를 시멘트벽으로 갈라놓았다. 안마당에서 사용할 수 있는 것은 좌변기이고 바깥마당에서 사용할 수 있는 것은 바닥에 네모난 구멍을 뚫어 아래가 훤히 보인다.

나는 시골에 가면 바깥마당 쪽 변소를 사용한다. 냄새도 나고 거미줄이 있어서 성가시지만 빗자루로 걷어내고 사용한다. 어느 신문에서 재래식 변소가 변비나 항문 건강에 좋다는 것을 본 뒤부터다. 변비가 있는 건 아니지만 아직도 좌변기보다는 재래식 변소에서 변을 보는 것이 개운하다.

변소 문은 드럼통 함석을 펴서 만들었다. 구부리고 폈던 곳이 구린내에 쉽게 삭아서 구멍이 난 지 오래다. 재래식 변소에 앉아 있으면 그 구멍으로 마당의 수선화나 강아지풀에서부터 마당가 꽃나무와 마당 건너 넓은 텃밭에 어머니가 가꿔놓은 온갖 작물들까지 다 보인다.

홍화꽃도 요란하고 감나무, 참깨꽃, 들깻잎, 옥수수, 콩, 수박잎이 싱싱하다. 밭에는 고추와 맥문동이 자리를 제일 많이 차지하고 있다.

이런 밭작물들 너머로 논이 있는 들판과 들판 건너 멀리 청태산이 보인다. 지도에 나오는 공식지명은 성태산이지만 우리는 어려서부터 청태산이라고 불렀다. 그 산 너머가 보령

대천이다. 나는 어려서부터 청태산을 보고 눈이 올지 비가 올지 날씨를 짐작했다. 어른들한테 배운 것이다.

내가 시골에 내려갈 때마다 어머니는 변소 함석문이 삭아서 보기 싫다며 고치라고 지청구를 하시지만 나는 선뜻 응하기가 싫다. 어머니가 사용하는 것도 아니고 해서 고쳐도 그만 안 고쳐도 그만이기 때문이다.

이런 시골집 변소 사정을 시로 써서 발표하기도 했다.

구린내에 삭아 구멍 난 양철문 틈으로
사람이 오나 안 오나 밖을 내다보니
늙은 느티나무에서 수다를 떨던 참새 떼가
구기자나무에 가랑잎처럼 쏟아져내린다
참새들은 구기자 꽃빛을 닮은 어린 발로
꽃잎을 툭툭 털어대고 있다
멀리 뿔바위에서 뻐꾸기가 옛날처럼 운다
보리 베는 일이 고단하여 몸살을 앓고 난 뒤에
가출을 생각했던 옛날이 생각나
풋 하고 웃음이 터진다
누이들의 입술과 봉숭아 꽃물 들인 손톱이
다닥다닥 달라붙은 빨간 앵두나무 그늘

추녀에 매달린 양파들이 흙 묻은 맨 얼굴을

어린 자매들처럼 부비고 있다

청태산에서 비구름이 오고 눈보라가 오고

철새가 날아가 석양에 박히던 옛날을 생각하는데

풍덩!

똥물이 튀어 엉덩이와 불알을 만진다

―졸시 「재래식 변소에 쭈그려 앉아서」 전문

　이런 시골에 내려갈 때마다 나는 사실 걱정이 앞선다. 아직 어린 아이들과 안정이 안 된 내 생활 때문에 어머니가 건강하게 더 버텨주었으면 하는 바람도 생기고, 어서 여유를 갖고 내려와서 한적하게 살아야겠다는 생각도 든다.

　도시에서 만난 친구들을 불러내려 같이 밥도 먹고 잠도 재워주고, 한번쯤 느티나무 아래서 시 낭송회나 연주회도 하고, 어머니가 다니는 읍내 법성암이나 늙고 잘생긴 스님이 지은 고실 봉은사도 들러보고, 철불을 보러 운장암(雲藏庵) 꼬부랑 길도 자주 올라가보고 싶기 때문이다.

맑은 슬픔

맑은 슬픔이라는 말이 가능할까?

시골에 혼자 사시던 어머니가 지금은 내가 사는 일산에 올라와 병원에 다니고 있다. 어머니는 아프신 이후로 음식을 많이 드시지 못하기 때문에 몸이 마르고 기운이 없다.

며칠 전 어머니께 운동을 겸해, 가까운 상가에 큰 식료품점이 문을 열었으니 먹을 것이 있는지 가보자고 제안을 했다. 어머니는 얼른 따라나섰다. 인도를 걸으면서 참으로 오랜만에 어머니와 함께 걸어본다는 생각을 했다. 그러나 너무 오래 떨어져 살아서인지 보폭과 보행 속도가 맞지 않았다. 나는 몇 발짝 앞서가다가 어머니와의 사이가 많이 벌어지면서서 기다리고, 또 앞서가다가 기다렸다. 어머니는 구부정한 모습으로 힘겹게 따라왔다.

어머니는 야채, 과일, 과자, 고기, 생선 등 다양하고 싱싱한 식료품이 잔뜩 쌓여 있는 매장 안을 몇 바퀴나 둘러보기만 했다. 왜 안 사느냐고 했더니, 아무것도 먹을 것이 없다고 했다. 이렇게 큰 식품점에 먹을 것이 아무것도 없다니. 어머니는 막과자가 안 보인다고 했다. 종업원에게 물으니 막과자 같은 것은 안 판다는 대답이 돌아왔다.

어머니는 다른 것을 사려고 이곳저곳 식품 진열장 앞에 쪼그려 앉아 물건을 집었다 놨다 하며 한참 고민을 하셨다. 그러더니 식료품점을 나오기 직전 칼국수 사리 한 봉지와 알사탕 한 봉지를 얼른 집어들었다. 그 큰 매장에서 한참 동안 고민하다 산 것이 겨우 칼국수 사리와 알사탕인 것이다.

식료품점을 나오자마자 어머니는 떡 파는 곳을 찾았다. 길가에 있는 떡집은 문이 닫혀 있었다. 큰 가게에 딸린 다른 떡집에 갔더니 거기도 문이 닫혀 있었다. 다행히 그 큰 가게에서는 막과자를 팔고 있었는데, 찾는 사람이 없어 과자봉지에 먼지가 쌓여 있었다. 어머니는 떡을 사는 것을 포기하는 대신 막과자 봉지를 들고, 나는 칼국수 사리와 알사탕 봉지를 들고 신호등 하나를 건너 집으로 왔다.

어머니는 막과자를 산 가게 승강기 앞에서, 신호등 앞에서, 그리고 인도에서 막과자 봉지를 들고 쪼그려 앉아 쉬었다. 기운이 없다고만 하셨다.

나는 어머니가 일어날 때까지 우두커니 옆에 서서 기다렸다. 괜찮으시냐고 묻기도 하고. 어머니가 겨우 일어나 다시 걷기 시작하면 나는 옆에서 보폭을 맞추어가며 걸음을 옮겼다. 같이 보폭을 맞추며 걸으니 어머니와 처음으로 일체가 된 느낌이었다. 천천히 걸으며 하늘을 올려다보니 겨울 하늘 별들이 찬바람에 맑게 닦여 빛나고 있었다.

나의 「별국」이라는 시가 생각났다. 가난했던 시절을 회상하며 쓴, 어머니와 나의 추억이 지극하게 서로 섞여든 이야기이다.

가난한 어머니는
항상 멀덕국을 끓이셨다

학교에서 돌아온 나를
손님처럼 마루에 앉히시고

흰 사기그릇이 앉아 있는 밥상을

조심조심 받들고 부엌에서 나오셨다

국물 속에 떠 있던 별들

어떤 때는 숟가락에 달이 건져 올라와
배가 불렀다

숟가락과 별이 부딪치는
맑은 국그릇 소리가 가슴을 울렸는지

어머니의 눈에서
별빛 사리가 쏟아졌다.

―졸시 「별국」 전문

　'멀덕국'은 내 고향인 충청도 청양 지역에서 흔히 쓰는 말
이다. 건더기가 없는 멀건 국을 말한다. 가난한 집에서 어떻
게 건더기를 많이 넣고 국을 끓일 수 있었겠는가.
　중학교 때였다. 학교 도서실에서 늦게 돌아오면 한밤중에
마루에서 어머니의 밥상을 받아먹기 일쑤였다. 국이 나오는

데, 건더기보다 국물이 풍덩거릴 정도로 많으니 국그릇 속에 별이 비치는 것은 당연하다. 숟가락으로 맑은 국물을 뜨면, 별 수제비처럼 숟가락 위에도 얹힌다. 달이 뜨는 날 밤이면 국그릇 속에도 달이 뜬다. 그 큰 달을 건져 먹으면 정말 배가 부를 것 같았다.

건더기를 찾아 숟가락을 부지런히 휘젓다보면 숟가락과 그릇이 부딪치면서 맑은 소리를 낸다. 건더기가 적을수록 더 맑게 들리는 그런 소리를 들어본 적이 있는가.

어머니는 고깃덩이를 찾느라 자식 놈이 휘젓는 국그릇에서 맑은 소리가 날수록 더 슬펐을 것이다. 어머니의 눈에서 쏟아지는 눈물은 마침 별빛을 반사하여 또 얼마나 맑은 슬픔을 주었겠는가.

내가 어렸을 때, 오일장이 서면 어머니는 걸음이 느린 나를 앞세우고 시장에 데리고 다니면서 막과자를 사주셨다. 그런데 지금은 내가, 아파서 걸음이 느린 어머니에게 막과자 봉지를 사서 들리고 집으로 가고 있다는 생각에 슬픔이 밀려왔다.

눈물 글썽한 눈으로 밤하늘을 바라보다가, 눈물에 굴절되어 들어오는 겨울 별빛을 바라보다가, 맑은 슬픔이라는 말을 생각해냈다.

나의 놀이터

　시골에서 청소년기를 보냈으니 성장기의 내 놀이터는 자연이었다. 그래서인지 시에 풀과 나무와 꽃과 동물이 자주 등장한다. 성장기에 자연을 놀이터로 삼아서 지낸 경험 때문일 것이다.

　놀이의 첫 기억은 신발에 흙을 담아서 나르는 자동차놀이였다. 도락꾸(트럭의 일본식 발음)놀이라고 했던 것 같다. 보령 탄광촌에 살다가 아버지의 고향인 솟골에 막 이사를 왔었는지 잠시 다니러 왔었는지는 기억이 잘 나지 않지만, 나보다 세 살인가 더 많은 옆집 형과 같이 했던 놀이다. 놀이를 하다가 그 형제들과 다투었기 때문에 기억이 난다.

그 놀이를 하면서 들판 건너 신작로로 트럭이 자주 오가던 모습을 보았다. 트럭은 광석이나 소나무를 싣고 있었다. 자동차놀이는 트럭이 짐을 싣고 다니는 것을 보고 배운 것이다. 트럭이 실어나르던 소나무들은 광산 갱도를 받치는 데 사용되던 갱목이었다.

고향에는 초등학교와 중학교 사회교과서에 나오는 유명한 금광인 구봉광산이 있었다. 구봉산 자락에서 금방아를 찧는 소리가 산을 넘고 들을 건너 우리 동네까지 끊임없이 들려왔다.

동네 뒷산 너머 온암리 용주골에도 금광이 있었는데, 여전히 금방아 찧는 소리가 산을 넘어왔다. 호롱고지와 고실에도 폐광이 된 지 얼마 안 된 굴과 폐석 더미가 있었다. 나보다 한 살 위인 친구가 살던 산막집이 있었는데, 거기에도 폐광된 굴과 폐석 더미가 있었다.

고향 부근은 일제강점기에 광산이 성업했던 곳이었다고 한다. 어느 기록에 보니 구봉광산은 1911년에 광산 등록을 했다. 그리고 1995년에 폐광을 했다. 이렇게 주변에 광산이 많다보니 폐광된 굴이나 폐석 더미가 많았고, 어린 우리들에게는 좋은 놀이터였다.

폐석 더미에서는 풀과 나무가 자라지 않았다. 대신에 비가 오면 빗물이 잘 빠졌다. 동네 사람들은 이 폐석을 신작로에 가져다가 깔았다. 비만 오면 질척이는 시골길은 폐석 더미 덕분에 신발에 흙을 묻히지 않아도 되었다. 그래서 비가 오는 날에는 폐광된 굴이나 폐석 더미가 좋은 놀이터였다.

당시에 주로 하던 놀이는 동네 형들을 따라서 하는 전쟁놀이였다. 한국전쟁이 끝난 지 얼마 안 된 시절이라서 어른들은 거의 전쟁을 경험하고 기억했다. 그리고 이 전쟁 경험을 아이들에게 들려주던 시절이었다.

베트남에서도 여전히 전쟁중이었고, 가깝게는 친구 상경이 삼촌이 파병되어 다녀오기도 했다. 학교에서도 열심히 공산주의를 반대하는 교육을 했던 때라서 전쟁놀이는 주로 국군과 공산군으로 나누어서 했다.

이런 놀이는 폐광된 굴과 폐석 더미에서만 한 게 아니다. 뒷산 바위가 소뿔을 닮아서 솟골이라는 동네 이름의 유래가 된 뿔바위나, 오래된 소나무가 많은 청주 한씨 입향조(入鄕祖)의 묘 마당에서도 했다.

동네 앞산 너머 중턱에는 폐광된 석면광산이 있었다. 그 아래에는 친구 홍진이가 살았다. 컴컴한 수직의 굴속 바닥이 보이지 않아 공포감을 주는 굴이었다. 멀리 서서 굴속으로 돌을 던지면 한참 후에야 쿵! 하고 소리가 날 정도로 깊었다.

굴에서 파낸 돌은 표면이 파랗거나 흰 비늘을 달고 있어서 손톱으로 긁으면 떨어졌다. 매끈한 표면이 햇살에 반짝여서 아름다웠다. 그 돌을 주워 책상 앞에 올려놓고 감상하기도 하고 수채화 물감으로 꽃을 그려넣기도 하였다.

석면이 몸에 축적되고 암을 유발하는 광물이라는 것은 어른이 되어서야 알게 되었다. 아버지가 오십대 중반에 폐암으로 돌아가신 것도 지금 생각해보니 폐광된 석면광산 탓이 아니었겠나 하는 생각이 든다. 석면광산은 집에서 서쪽에 있었는데, 서풍이 불면 집 쪽으로 먼지가 날아왔다.

이런 석면 돌을 표면이 아름답다는 이유로 아끼면서 책상 앞에 애지중지 모셔놓고 오랫동안 지냈다니 아찔할 뿐이다.

그리고 마을 앞 외지로 나가는 버스 정류장이 곱돌모랭이에 있었다. 거기에 폐광된 곱돌광산이 있었다. 어려서부터 폐광된 상태였다. 하루에 한두 번 서울로 가는 버스를 타는 곳이었다. 물론 청양 읍내를 거쳐서 가는 버스였다. 외산면 쪽으로 가는 버스도 거기서 탔다.

곱돌광산은 오래전에 폐광을 하였지만 곱돌은 여기저기 굴러다녔다. 지금도 눈에 띄게 굴러다닌다. 재질이 다른 돌보다 무른 곱돌은 좋은 놀잇감이었다.

곱돌을 돌이나 시멘트에 갈아서 둥글거나 각이 지게 만들기도 하고 딱딱한 땅이나 돌에 그림을 그리거나 글씨를 쓰기도 했다. 중학생이 되어서는 표면을 매끄럽게 갈아 도장을 파기도 했다.

든든하고
아름다운 녹색 배경

  고향 솟골은 옛 이름이 한자로 우구(牛口)였다. 오래된 느티나무와 자귀나무꽃과 노을이 아름다워서 인생의 저녁도 아름다울 것만 같은 마을이다.

  솟골과 지초실을 가르던 구불구불한 냇물은 폭이 좁아서 이름이 없었다. 그냥 냇물이라고 불렀다.

  금강의 지류인 이 냇물은 뱀이 기어가듯 동네 앞 들판을 기어가고 있었다. 냇물에는 보가 하나 있었는데 구수보라고 불렀다. 구수는 소에게 먹이를 주는 구유의 충청도 사투리이다. 그러니 구유 모양의 보라는 말이다. 물을 가두어 논에 대느라 돌로 쌓아놓은 오래된 보였다.

구수보는 물이 마를 날이 없었다. 정말 가뭄에도 물이 마른 기억이 없다. 나는 넓고 바닥이 완만한 구수보에서 어려서부터 동네 형이나 누나들에게 헤엄을 배웠다. 구수보 아래에는 물이 떨어지면서 파인 깊은 웅덩이가 있었는데, 나이 먹은 형들이나 멱을 감을 수 있는 위험한 곳이었다.

냇가를 따라 여러 그루의 미루나무들이 줄지어 서 있었다. 동네에서 가장 키가 크고 오래된 미루나무는 구수보 옆에 서 있었다. 미루나무는 물가에서 키가 쑥쑥 잘 크기는 해도 재질이 너무 물러서 집을 짓거나 다리를 놓는 데 쓸 만한 좋은 목재가 될 수 없는 나무다.

아버지는 미루나무처럼 성정이 물러터진 나를 항상 걱정하셨다. 커서 제 밥벌이나 할까싶어서였을 것이다.

그런데 어느 날 미루나무가 그림붓이 거꾸로 서 있는 모습으로 보였다. 계절에 따라 들판 풍경이 색깔을 바꾸니, 모두 미루나무가 색칠을 하는 것이었다. 바람이 부는 날은 사생대회에 나온 학생들이 마감을 앞두고 더 열심히 붓질을 하는 모습이었다.

어떻게 보면 구불구불한 논둑도 부드러운 산 능선도 해와 밤하늘의 별도 이 미루나무 붓이 그리는 것 같았다.

시냇가 미루나무 여럿

들판 캔버스에 그림을 그립니다

바람 부는 날은 더 열심히 그려댑니다

곧은길만 가기 어려운 사람 발걸음을 생각해

논둑과 밭둑과 길은 휘어지게 그리고

높이 떴다 지는 둥근 해가 다치지 않게

산 능선을 곡선으로 그립니다

미루나무도 개구쟁이 아이를 키우는지

물감통을 들판에 확! 엎지를 때가 있습니다

미루나무도 집으로 돌아가는 저녁이 되면

붓을 빨러 냇물로 내려가다 뒹구는지

노란 물감을 하늘에 뿌리거나

언덕에 물감을 흘려놓기도 합니다

미루나무의 실수는 천진해서 별이나 풀꽃이 됩니다

이런 미루나무도 심심한 날이 있어서

뭐라 뭐라 허공에 붓글씨를 쓰기도 하는데

나는 어려서 딱 한 번 읽은 적이 있습니다

"광규야, 가출하거라."

—졸시 「미루나무 붓글씨」 전문

지금 고향 들판은 경지정리를 하여 냇물의 물길을 일직선으로 만들고 논둑을 반듯하게 만들어 옛날 모습을 찾아볼 수 없다. 이 냇물도 홍산천이라는 이름을 얻었다. 키가 쉽게 크는 미루나무도 그늘이 진다며 심지 않고 있다.

어지간한 도로는 시멘트로 포장되었다. 그래도 시골이 시의 제재로 들어올 때 맨 먼저 떠오르는 것은 냇물과 논두렁이 직선으로 변하기 이전의 시골 풍경이다.

위 졸시에는 시골 들판을 가로지르는 냇물이 있고, 냇둑에 하늘을 향해 미루나무가 붓대가리처럼 서 있다. 미루나무는 겨울이면 갈필로 황량한 논을 그리고, 봄이면 연두색 물감으로 들판을 색칠하고, 여름이면 푸른색 물감으로 들판을 염색하고, 가을이면 노랑 물감으로 들판을 물들인다.

하늘에 붓질을 하던 미루나무가 물감을 하늘에 뿌리면 그것이 별이 되고, 실수를 하여 물감통을 언덕에 엎지르면 그것이 꽃이 된다는 상상이다. 바람이 불 때는 붓대가리를 마구 휘두르며 붓글씨를 쓴다는 상상이다.

그러나 허공에 써대는 미루나무의 문장을 읽을 수 있는 사람은 미루나무를 오래 관찰하여 자기 것으로 만든 사람, 바로 나였다.

실제로 미루나무의 유혹은 아니었지만, 나는 중학교 때 가출을 생각한 적이 있었다. 시험 기간이라서 시험공부를 해야 하는데, 날마다 농사일을 시키니 부모님이 밉고 부아가 치밀었던 것이다.

　나는 화가 잔뜩 나서 가출하기로 삭성하고 동네 사람들이 못 보게 집 뒤 언덕을 넘어 무작정 서울 쪽을 향해 걸었다. 뒤꼍 언덕을 넘어 친구 기호네 밭을 가로질러 한참을 가다가 화가 풀려 되돌아왔다. 보리를 베고 바심을 하던 때였는데, 처음이자 마지막 가출 시도였다.

　내 고향은 어깨선이 다정한 월산과 청태산과 구봉산이 어린 내 누이들처럼 밤마다 초롱초롱한 별을 덮고 자는 마을이다. 지금은 베이고 없지만, 내 마음속의 들판 한가운데에 서서 열심히 들판에 붓질을 하는 미루나무가 있던 마을이다.

　이런 고향의 들판과 냇물과 기억 속의 미루나무는 시멘트로 이루어진 회색 신도시에 살고 있는 내 인생의 든든하고 아름다운 녹색 배경이다.

모텔에서
울다

1.

충남시인협회 총회가 서천 춘장대해수욕장에서 1박2일 일정으로 열렸다. 여기저기 흩어져 사는 충청도 출신 시인들이 해마다 한 번씩 하는 모임이다. 해수욕을 하는 모래밭과 사람이 사는 상가 주택 사이에 해당화가 피는 아름다운 곳이었다.

바다가 내려다보이는 화력발전소 강당에서 행사를 하고, 바닷가 횟집에서 저녁을 먹으며 한산 소곡주에 취했다. 한산 소곡주는 앉은뱅이술이라고도 한다. 맛이 좋아서 취하는 줄 모르고 마시다가는 너무 취해서 문밖을 나가지 못하고 그 자리에 주저앉는다고 해서 붙은 별명이다.

식당과 숙소의 큰 방에 둘러앉아 형제자매처럼 웃고 떠들고 노래하다가 나는 청양으로 와야 했다. 다음날 집안 벌초를 해야 했기 때문이다.

마침 보령에서 온 문상재 시인의 승용차를 타고 청양 시골집에 와서 불을 켜고 잠자리를 만들려고 하니 방바닥에 먼지와 함께 죽은 노래기와 거미 같은 곤충들이 널려 있었다. 그것도 죽은 지 오래되어 팔다리가 떨어져 있는 것도 있었다.

방은 불을 넣은 지 오래되어 바닥이 눅눅했다. 이런 방에서 잠을 자다가는 천장을 기어가던 벌레가 얼굴에 떨어질 것만 같았다. 오랜만에 펴본 이부자리도 눅눅하고 벌레가 기어나올 것만 같았다. 휘어져 벌어진 나무로 짠 창호 틈으로 뱀이 들어올지도 모른다는 생각이 들었다.

시골집에서 자는 것을 포기하고 가까운 부여군 외산면 무량사 아래로 잠잘 곳을 찾아갔다. 겨우 찾아낸 숙소는 백운모텔이었다. 주인이 안내하는 대로 모텔 출입구와 가까운 1층에 방을 잡고 잠을 청하는데 잠이 오지 않았다.

이제 시골에 와도 시골집에서 잘 수 없다는 것에 대한 슬픔 같은 것이 밀려왔다. 혼자라는 것이 참으로 적막하고 무섭다는 것을 새삼 느꼈다. 외로움이 인간에게 큰 공포라는 것을 실감하였다.

그러던 중 풀벌레 우는 소리가 들렸다. 여치도 울고 방울벌레도 울었다. 풀벌레 우는 소리를 들으니 옛날 생각이 더 났다. 이제 고향에 아무도 남아 있지 않다는 것 자체가 인생의 무상감으로 다가와 잠을 못 이루게 하였다. 마음이 구슬프게 울었다.

아버지는 폐암으로 젊어서 고향에서 돌아가시고, 그다음에 할머니가 아흔이 넘어서 인천 치매요양원에 있다가 돌아가시고, 그런 지 두세 해 후에 어머니마저 내가 사는 일산신도시 병원에서 위암으로 돌아가신 일이 떠올랐다.

잠이 안 와서 별의별 생각을 다 하다가 어떻게 잤는지 말았는지 아침이 되었는데, 더 난감한 일이 벌어졌다. 아침밥을 먹을 데가 없었다. 전날 술을 마셨던 터라 시원한 국물을 먹고 싶었지만 해결할 방법이 없었다.

여기저기 식당을 찾아 돌아다녔으나 시골이라서 아침부터 문을 여는 집이 없었다. 아침을 거르지 않는 습관 때문에 배가 고파오기 시작했다. 오전 9시에 집안사람들이 모여서 벌초에 나서기로 했는데, 밥을 안 먹어놓으면 점심때까지 버틸 재간이 없을 것 같았다. 일가들 중에서 젊은 축에 드는 내가 예초기를 지고 다니며 풀을 깎아야 했기 때문이다.

다행히 장사 준비를 하느라 문을 일찍 열어놓은 식당을 겨우 만났다. 무조건 들어가서 남아 있는 밥이라도 달라고 하여 끼니를 때웠다. 식당주인은 제대로 차린 밥상이 아니라며 밥값을 반만 받았다.

부실한 식당 밥을 먹으면서 고향에 어머니도 아버지도 없고, 이젠 그야말로 국물도 없는 삶이라는 것을 실감하였다.

2.

고향에 내려와서 인생의 무상감에 사로잡혀 슬퍼하고 마음이 운 것은 이번만이 아니다. 지난겨울에도 그랬다. 충청남도 교육청이 지원하는 중학교 겨울방학 행사가 있어서 고향 중학교에 내려갔다.

후배들에게 고향체험과 시 이야기를 하는 자리였다. 기상청에서는 수십 년 만에 며칠째 내리는 폭설이라고 하였다. 폭설로 길이 막혀서 대중교통조차 다니기 힘들었지만 꼭 내려가야 했다. 길도 집도 학교 운동장도 들도 산도 전부 하얀 눈으로 덮여 있었다.

학교 행사를 마치고, 교감이 된 중학교 후배와 함께 청양 읍내에 사는 동창들을 불러모아 저녁을 먹었다. 초등학교와 중학교를 같이 나온 동창이 하는 식당에서 저녁을 먹었지만,

밤이 깊어지자 잠잘 곳이 참으로 난감했다. 친구들은 흩어져 집으로 돌아가는데 나는 잠을 잘 곳이 없었다.

시골집은 어머니가 돌아가시고부터 사람이 살지 않아 보일러가 터진 지 오래였다. 불을 때서 방을 덥히도록 온돌을 남겨놓은 사랑방은 방고래가 무너졌고, 쥐구멍으로 불이 들어와 집을 태울지도 모르는 상태였다. 그렇다고 친구들 앞에서 읍내 모텔로 가서 자겠다고 하면 자기네들 집으로 끌고 가거나 밤새 술로 못살게 굴 것도 같아 고민이 되었다.

나는 운곡에 사시는 고모 댁으로 가서 잘 거라면서 친구들과 밤늦게 헤어졌다. 그러고는 친구들이 안 보는 사이에 모텔로 들어갔다.

모텔에서 샤워를 하고 누웠으나 외로움과 무상감에 잠을 이룰 수가 없었다. 잠이 안 와서 텔레비전 채널을 돌리며 볼 만한 프로그램을 보려고 했으나 그럴 만한 게 없었다. 〈불교방송〉과 〈기독교방송〉을 돌려가며 법문과 설교를 들으면서 잠을 청했으나 밤이 깊어지자 그것도 방송을 마감하였다.

이때의 외로움과 불면 속에서 서정적 충동을 시로 쓴 것이 「모텔에서 울다」라는 시다.

시골집을 지척에 두고 읍내 모텔에서 울었습니다

젊어서 폐암 진단을 받은 아버지처럼
첫사랑을 잃은 칠순의 시인처럼
이젠 고향이 여행지라는 생각을 하면서
얼굴을 베개에 묻지도 않고 울었습니다

오래전 보일러가 터지고 수도가 끊긴
텅 빈 시골집 같은 몸을 거울에 비춰보다가
폭설에 지붕이 내려앉고
눅눅하고 벌레가 들끓어 사람이 살 수 없는
쭈그러진 몸을 내려보다가

아, 내가 이 세상에 온 것도
수십 년을 가방에 구겨 넣고 온 여행이라는 생각을 하다가
이런 생각을 지우려고
자정이 넘도록 텔레비전 화면을 뒤적거리다가
체온 없는 침대 위에서 울었습니다

어지럽게 내리는 창밖의 흰 눈을 생각하다가
사랑이 빠져나간 늙은 유곽 같은 몸을 후회하다가
불 땐 기억이 오래된

컴컴한 아궁이에 걸린 녹슨 옛날 솥의 몸을

침대 위에 던져놓고 울었습니다

―졸시 「모텔에서 울다」 전문

　지난번 시집을 내면서 이제 고향은 그만 우려먹어야지 하고 작심을 했는데, 이렇게 또 고향을 소재로 시를 썼다. 요즘 들어 고향을 회고하고 돌아가신 부모님과 가족을 끌어와 시를 쓰면서, 나이를 먹고 있다는 생각이 더 든다.

　아무튼 고향에 내려가 묵으면서도 잘 곳이 없어 모텔을 전전하는 내가 되었다. 이제는 시골이 고향이 아니고 여행지라는 생각이 든다.

　맞다. 이 세상은 한 번 다녀가는 여행지가 아니겠는가. 여행지에 와 있는 동안 마주치는 인연들과 좀더 진실하고 열심히 사랑하다가 떠나야겠다.

아버지의 일생이 담긴
소주병

아버지는 1933년에 태어나 1987년 쉰다섯 살에 돌아가셨
다. 돌아가실 때 나와 여동생 셋이 모두 미혼이었으니 아쉬
움이 많았으리라.

만약 내가 그때의 아버지 입장이었다면, 아직 학업중인 자
식들과 오래도록 낫지 않는 병으로 경제능력이 없는 아내 걱
정 때문에 무척 억울할 것 같다.

내가 나름대로 세운 내 죽음의 최저 나이는 아이들이 대학
을 마치고 결혼을 한 시점이다. 그때까지만 전전긍긍 조심조
심 살아보자는 것이다. 이것은 나뿐만이 아니라 대부분의 부
모들이 가지는 최소한의 소망일 것이다.

아버지 역시 농촌인 고향에서는 별다른 희망이 안 보이니까 결혼 직후에 무엇인가를 해보려고 어머니와 함께 상경하여 서울 돈암동 판자촌에 깃들였다고 한다. 거기서 땅콩장사도 하고 봉지쌀도 팔았다고 한다. 이때 나도 낳았다.

그러다가 뚝섬으로 가서 새끼를 꼬는 공장도 하고, 그것이 안 되자 작은할아버지가 살던 홍성 옥암리로 내려가서 농사일을 도왔다고 한다. 그리고 보령 청라의 탄광에 가서 일했는데, 이때 광산 사택에 살았던 기억이 난다.

어머니가 찐 밀가루 빵을 담은 쟁반을 아버지한테 서로 가져가겠다고 두 살 아래 여동생과 싸우다가 동생이 입을 크게 벌리고 울던 일, 진간장에 깨소금을 넣어 밥을 비벼 먹는 것이 맛있어서 어머니를 조르다가 혼났던 일 등 유년의 기억 몇 장면이 또렷하다.

어머니 말씀을 빌리면, '성질이 급해서 어딜 가도 진득하게 못 붙어 있었다'는 아버지는 고향 청양으로 다시 돌아와 농사일을 했다. 그때는 이미 우리집에 농사채가 얼마 없었다고 한다.

어머니가 막 시집을 왔을 때만 해도 동네에서 논이 두번째로 많았었는데, 아버지가 나가 사는 동안 작은아버지가 화투노름을 해서 논을 팔고 고향을 떠났다고 한다. 화투노름으로 논을 팔아먹은 것 때문에 아버지와 작은아버지와 할머니 간에 늘 불화가 있었다.

이렇게 가세가 기운 상태에서 아버지는 얼마 안 되는 농사를 어머니에게 맡기고 외지로 돈벌이를 하러 나돌았다. 내가 중학생이었을 때는 경기도 광주에서 고모부와 함께 철근 장사를 하기도 했다.

졸시 「소주병」에는 이런 아버지의 일생이 담겨 있다. 일생을 가족을 위해 보내다가 폐암에 걸려 살가죽과 앙상한 뼈만 남긴 채 빈 소주병처럼 버려진 아버지의 삶. 이건 내 아버지만의 삶이 아닐 것이다.

술병은 잔에다
자기를 계속 따라주면서
속을 비워간다

빈병은 아무렇게나 버려져
길거리나
쓰레기장에서 굴러다닌다

바람이 세게 불던 밤 나는

문밖에서
아버지가 흐느끼는 소리를 들었다

나가보니
마루 끝에 쪼그려 앉은
빈 소주병이었다

　—졸시 「소주병」 전문

　이 시는 아버지가 돌아가시고 나서도 한참 후, 내가 아버지가 되어서 쓴 것이다. 대천 해수욕장에서 보령 지역 문인들과 어울려 소주를 마시다가 발상한 것이다. 처음에는 아버지가 시에 들어가지 않았으나, 퇴고하는 과정에서 아버지의 삶이 들어갔다.
　소주는 국민의 술이다. 국민 1인당 연평균 63병쯤 마시니, 연간 30억 병이 넘는 소주를 마시는 셈이다. 남자들이 가장 많이 마시는 보편적인 술이다. 이런 술의 가장 친한 친구는 아버지다.
　세상의 아버지들은 누구나 다 잘살고 싶어한다. 좋은 직장에 다니고 싶고, 부자가 되고 싶고, 자식들 공부를 많이 시키고 싶고, 넓은 집에서 살고 싶다.

그러나 뜻대로 되지 않는 것이 인생이다. 그래서 아버지들은 늘 실패의 삶을 산다. 늘 결핍의 삶을 살다가 죽는 존재가 아버지다.

아름다운 기둥

아버지가 되어서야 돌아가신 아버지를 이해하게 되었다. 아버지가 되고 보니 돈벌이도 그렇고, 늘 자식 걱정이고, 세상일이 마음대로 되지 않는다는 것을 깨닫게 된 것이다.

아버지는 자신이 원하는 대로, 아니면 원하지 않더라도 잘 살아지지 않으니까 속이 상해서 술담배를 하고 성질을 부리고 싸움질을 했을 것이다. 그러면서 나름대로 가계의 기둥이 되어 식구들을 위해 최선을 다했을 것이다.

아버지는 농사를 지으면서 가까이에 있는 구봉광산에 다니셨다. 광산에 다니는 사람들은 돼지고기를 많이 먹었는데, 우리집에서 돼지를 자주 잡았다. 돼지를 잡아서 고기를 나누고 창자나 간, 허파 같은 부속물을 가마솥에 넣고 끓여서 동네 사람들을 불러모아 같이 먹었다. 돼지를 잡는 날은 동네 잔치 날이었던 것이다.

나는 돼지고기 볶음을 먹고 남은 양념이나 돼지기름에다 밥을 비벼 먹는 것이 맛있었다. 여기에 뒤꼍 돌담에서 자라는 산초 열매로 짠 기름을 넣고 비벼 먹던 추억이 아직도 입맛을 돌게 한다.

나중에 광산 일을 그만둔 아버지는 돌아가실 때까지 청양 우시장에서 거간꾼을 하셨다. 이때 집에서 현금을 가장 많이 구경하였다. 저녁에 거나하게 취해서 돌아온 아버지는 호주머니 여기저기를 뒤져 구겨진 지폐를 꺼냈고, 어머니는 그것을 펴서 세었다.

거간꾼은 소를 팔고 사는 과정에서 중개 역할을 하며 수수료를 받는 사람인데, 요즘으로 말하면 브로커다. 중개사라고 쓴 노란 완장을 차고 다녔다. 흔히들 소중개사라고 하였다. 적절한 경험과 과정을 거쳐 완장을 얻은 아버지는 그것을 나에게 자랑스럽게 보여주셨다. 안정적으로 현금을 벌어들이는 보장된 자격이었다.

한번은 새벽에 아버지를 따라서 우시장에 간 적이 있는데,

아버지는 소를 팔러 오거나 사러 온 사람들과 우시장 안에 있는 선술집을 수시로 드나들면서 막걸리를 드셨다. 술을 마시면서 중개를 하는 것이었다.

선술집에 들어서자마자 아버지가 "술 한 잔 줘유!" 하면 주모가 "알었시유!" 하면서 대접 두 개에 막걸리를 가득 따라주었다. 그래서 우시장이 파하고 집에 올 때쯤이면 아버지는 만취해 있었다.

막걸리는 노란 양은주전자에 담겨 있었다. 주모는 돼지고기와 두부를 넣은 김치찌개를 내놓았다. 돼지고기와 두부를 넣은 김치찌개는 내가 가장 좋아하는 술안주다. 아버지와 얽힌, 어려서 먹던 맛의 기억 때문일 것이다.

이제는 우시장도 없어진 지 오래다. 그 찌개와 막걸리를 먹고 싶어서 청양시장에서 과일가게를 하고 있는 친구 경진이에게 전화를 해서 돼지고기와 두부를 넣은 김치찌개가 먹고 싶다고 했더니, "지금 그런 집이 있나?" 하는 대답이 돌아왔다.

아버지와는 이런 기억도 있다.

아버지가 시장에서 책상을 사들고 오는 것을 멀리서 보고 너무 좋아서 뛰어갔다. 나는 일곱 살 아래 여동생을 등에 업고 있었는데, 언덕에서 뛰어내려가는 바람에 포대기에서 빠져나온 동생이 언덕에서 굴러서 샘물에 빠졌다.

마침 샘물 가까이 있던 동네 아주머니가 바로 건져서 별사고는 없었지만, 분홍색 옷을 입고 있던 복숙이 동생 모습이 지금도 기억에 생생하다.

중학교 1학년 때인 1973년 가을에는 충남일보사가 주관한 도내미술실기대회에서 국화꽃 정물화를 그려 상을 받았는데, 아버지가 액자를 사오셨다. 액자에 상장을 넣어서 안방 벽에 걸어두고 자랑스러워하시던 모습이 지금도 떠오른다.

상장이 중간에 없어져서 상 이름은 생각이 안 나고 그때 받은 동메달은 지금도 가지고 있다. 아들이 공부 잘했다는 상장을 한 번도 받아본 적이 없었기에 아주 기뻐하셨을 것이다.

그때 받은 상장과 칭찬의 위력이 얼마나 컸던지, 지금도 그림에 대한 미련을 떨치지 못하고 있다. 물론 고등학교 때는 학교 대표로 다른 학교에서 열린 포스터그리기 대회에 참가했지만 아무런 성과도 거두지 못해 그림에 소질이 없나보다 하면서 그림과 결별을 하였다.

나는 초등학교 내내 개근을 한 적이 없는 것 같다. 옻이 자주 올랐기 때문이다. 옻이 한번 오르면 턱과 팔까지 진물이

나고 헐어버렸다. 사타구니까지 헐 때도 있었다.

피부가 헐면 아버지는 달걀노른자를 발라주거나 닭을 막 잡아서 뜨끈하고 비릿한 닭 피를 옻이 오른 곳에 발라주셨다. 그래도 안 낫고 헐면 옥시풀로 딱지를 떼어내고 소독을 한 뒤 연고를 정성스럽게 발라주셨다.

아버지는 성질이 사나운 편이었지만 이때만은 정성스럽고 따뜻했다. 이런 기억 때문에 지금도 내 몸에 옻이 오르거나 자식들의 다친 곳에 약을 발라줄 때면 아버지가 생각난다.

아버지와 아버지가 된 나를 생각하면, 아버지는 누구나 한 가계를 안간힘으로 받치다가 폐목으로 쓰러지는 기둥이라는 생각이 든다. 그래서 쓴 시가 「아름다운 기둥」이다.

법당 받치고 있는
저 기둥 참 아름답다

한때 연약한 새싹이었으나
아름다운 법당 받치고 있다

나 어렸을 때
세상 받치는 기둥 되기로 결심했었다

그러나 지금

아무것도 못 되고 벌써

한 가계에 등이 휘었다

내 휜 등에 상심하다

저 법당 기둥 보고

누구나 세상 한쪽 받치고 있는

아름다운 기둥임을 안다

그러고 보니 원망만 했던 우리 아버지

법당 기둥이었다

가난한 가계 힘겹게 받치다

폐가 썩어 일찍 지상에서 무너진

아름다운

―졸시 「아름다운 기둥」 전문

아버지는 성질이 불같았어도 생활력은 강했다. 절대가난의 시절에도 식구들 밥을 한 끼도 굶기지 않았다고 한다. 밥한 끼가 무슨 대수인가 생각할 수도 있지만, 당시에는 밥을 굶지 않는 것도 큰일이던 시절이었다.

내가 시나 문학을 핑계로 밥벌이를 소홀히 하지 않는 것도 강한 책임감을 지닌 아버지의 유전자 덕분일 것이다.

썩은 말뚝

아버지는 이런저런 수완이 좋아서 돈을 벌어 조금씩 땅을 넓혔다. 주로 시골 살림을 처분하고 도시로 떠나는 사람들의 논밭을 사는 것이었다.

그러나 논이 많아도 문제였다. 지금은 경지정리가 잘 되어 있지만, 그전에는 비만 오면 가장 큰 걱정거리가 논둑이 무너지는 것이었다.

아버지가 돌아가시고 한동안은 어머니가 농사일을 도맡아 했다. 외지에 나가 사는 나는 가끔 내려가서 어머니 농사일을 거들고 논둑 쌓는 일을 해야 했다.

시골에 지금처럼 포클레인이 있는 것도 아니어서 삽으로

흙을 퍼올리는 일이 여간 힘든 게 아니었다. 이런 시골 일들을 한나절만 해보면 시골에 살고 싶다는 낭만적인 생각이 싹 가신다.

큰비가 와서 무너진 논둑을 다시 쌓는데, 삽날을 자꾸 붙잡는 게 있었다. 그래서 땅을 좀더 파보니까 오래전에 박아놓은 썩은 말뚝이 보였다. 아버지가 박아놓은 것이었다.

말뚝은 돌아가신 아버지를 대신하고 있었다. 무엇을 쌓는다는 일이 이처럼 어렵다는 것을 가르쳐주고 있었다. 그래서 쓴 시가 「썩은 말뚝」이다.

큰 비에 무너진 논둑을
삽으로 퍼 올리는데
흙 속에서 누군가
삽날을 자꾸 붙든다

가만히 살펴보니 오랜 세월
논둑을 지탱해오던
아버지가 박아놓은
썩은 말뚝이다

썩은 말뚝 위로
흙을 부지런히 퍼 올려도
자꾸 자꾸 빗물에
흘러내리는 흙

무너진 논둑을 다시 쌓기가
세상일처럼 쉽지 않아
아픈 허리를 펴고
내 나이를 바라본다

살아생전 무엇인가 쌓아보려다
끝내 실패한 채 흙 속에
묻힌 아버지를 생각하다
흑, 하고 운다

　　―졸시 「썩은 말뚝」 전문

　이 시를 쓰면서 오랜만에 아버지 유품을 뒤져보니 족보를 만들 때 적었던 공씨 동네 입향조부터 내려오는 가계도가 있고, 1983년에 낸 175,200원 취득세 영수증도 있고, 1982년 3월 10일

충청남도 경찰국장이 발행한 사진이 붙은 명예경찰증도 있고, 759번지 전(밭)과 758번지 대(집터)와 757번지 답(논)을 표시한 지적도와 등기권리증, 대와 답을 전으로 지목을 변경한 서류들이 있다.

또 1966년 8월 27일 화약류발파계원으로 선임되었다는 증서도 있고, 1983년 8월 3일 화성군 장계리 산 3의 1 토지변경을 신청한 것도 있고, 1985년 1월 25일 신한민주당 선거대책본부 본부장 김재광이 준 추대장도 있다. 이 추대장에는 "귀하를 충남 제7지구당 선거대책위원회 지도위원으로 추대합니다"라고 적혀 있다.

충청도 시골에서 야당인사인 김대중이나 김영삼을 지지하기는 참 어려웠을 텐데, 왜 야당에 관심을 두고 선거 때마다 사람들에게 연락을 하고 선거운동을 하러 다녔는지 모르겠다. 그런데 그것도 당신의 활동이 자식 취직에 방해가 된다며 그만두었다. 물론 아버지는 내가 대학을 졸업하기 전에 돌아가셨다.

아버지에 대한 기억을 떠올리고 유품들을 뒤적이면서 생각해보니, 아버지는 주어진 현실에서 나름대로 집안 살림과 사회 활동에 최선을 다하는 삶을 사셨다. 나는 어떤 일이 문득 닥칠 때마다 '아버지라면 어떻게 했을까' 하고 생각을 해본다.

나를 모신 어머니

　법성암은 어머니가 다니던 청양 읍내의 조그만 암자다. 비구니 스님이 주지로 있는, 쉰다섯에 돌아가신 아버지 사십구재를 지낸 작은 절이다.

　어머니는 이 절에 다니면서, 딸 셋을 절로 보낸 운곡에 사는 고모도 만나 정도 나누고, 도시에 사는 우리집 이사 날짜도 잡아오고, 때때로 부적을 가져와 내 지갑에 넣어주었다. 결혼하기 전에는 아내와 내가 궁합이 잘 맞는지 사주도 보았던 절이다.

　내 주위에 점을 치는 스님이 없고, 점치는 것이 절의 본분이 아니라고 생각한 나는 어머니가 법성암에 가시는 것을 속으로는 그렇게 탐탁해하지 않았다.

그러나 시간이 지나면서 시골에서 홀로 농사짓고 살며 마음을 의지하고, 즐겁게 친구도 만나고, 스님의 좋은 말씀을 들으러 가는 것이 인생의 큰 낙이자 위로라는 생각이 들어, 나중에는 법성암에 자주 다닐 것을 권했다.

그리고 나 역시 어머니가 다니는 절을 인정하고 사랑한다는 표시로 어머니에게 절에 같이 가보자고 하였다. 어머니가 암으로 입원하기 전이었다.

나는 고향에 갔다가 큰 수박 한 통을 들고 어머니 뒤를 따라 법성암을 찾았다. 그리고 『불교신문』에 이런 글을 쓴 적이 있다.

작년 여름, 나는 어머니와 함께 어머니가 오랫동안 다니는 읍내 법성암을 찾았다. 20년 전에 돌아가신 아버지 사십구재 이후로 처음이었다. 수박 한 통을 부처님 앞에 올리고 어머니와 나란히 서서 삼배를 올렸다. 납작납작 절하는 어머니 모습이 신심 가득한 보살이었다. 어머니는 나를 절 마당으로 법당으로 끌고 다니며 석탑과 작은 부처님과 연등에 새기고 붙인 내 이름들을 보여주었다. 어머니가 다니며 시주하는 절인데도 어머니 이름은 한 군데도 없었다. 어머니는 못난 나를 높

은 석탑과 작은 부처님과 아름다운 연등으로 모시고 있었던
것이다.(「나를 모신 어머니」에서)

이렇게 어머니와 함께 절을 다녀온 뒤에 나는 시 한 편을
써서 발표하였다. 시집이 나오고 나서는 불교방송에 출연하
여 낭송을 하기도 했다.

늙은 어머니를 따라 늙어가는 나도
잘 익은 수박 한 통 들고
법성암 부처님께 절하러 갔다
납작납작 절하는 어머니 모습이
부처님보다는 바닥을 더 잘 모시는 보살이다
평생 땅을 모시고 산 습관이었으리라
절을 마치고 구경삼아 경내를 한 바퀴 도는데
법당 연등과 작은 부처님 앞에 내 이름이 붙어 있고
절 마당 석탑 기단에도
내 이름이 깊게 새겨져 있다
오랫동안 어머니가 다니며 시주하던 절인데
어머니 이름은 어디에도 없다
어머니는 평생 나를 아름다운 연등으로

작은 부처님으로
높은 석탑으로 모시고 살았던 것이다.

—졸시 「법성암」 전문

어머니는 그뒤에 위암 판정을 받고 내가 사는 일산의 병원에 입원하여 수술과 항암치료를 받았다. 병원에 입원하기 전에는 통원치료를 하였는데, 기운이 없어 아이들의 침대에 누워 있는 어머니 모습이, 꼭 시골에서 평생 일만 하다가 나이가 들어 외양간에 누워 있는 병든 암소 같다는 생각이 들었다.

어머니는 수술을 받기는 했지만, 암동 병실에 누워 있는 다른 암환자들이 죽어가는 것을 보면서 자신도 죽어가고 있다는 것을 알았을 것이다. 그러면서 늙은 암소가 되새김질을 하듯이 과거를 회고했을 것이다. 회고의 목록은 대부분 자식들이고, 자식들 가운데는 어려서 죽은 자식이 있었을 것이다.

입을 꾹 다문 아버지는
죽은 동생을 가마니에 둘둘 말아
앞산 돌밭에 가 당신의 가슴을 아주 눌러놓고 오고

실성한 어머니는 며칠 밤낮을
구욱구욱 울며 논밭을 맨발로 쏘다녔다

비가 오는 날
밖에서 구욱구욱 젖을 구걸하는 소리가 들리면
어머니는 "누구유!" 하며 방문을 열어젖혔는데

그 때마다 산비둘기 몇 마리가
뭐라고 뭐라고
젖은 마당에 상형문자를 찍어놓고 돌밭으로 날아갔다

어머니가 그걸 읽고 돌밭으로 가면
도라지꽃이 물방울을 매달고 서럽게 피어 있었다

─졸시 「애장터」 전문

「애장터」는 네 살 아래인 남동생이 어려서 죽은 이야기를
쓴 것인데, 어려서 죽은 자식을 가슴에 묻고 사는 어머니의
삶은 또 어떠했겠는가. 거기에 가부장적 사회에서 여성으로,

어머니로, 며느리로, 아내로서 감당해야 하는 보이지 않는 편견과 관습적 폭력도 만만치 않았을 것이다.

나는 이런 신산한 삶을 산 어머니가 부르는 노래를 들은 적이 몇 번 있다. 내가 어렸을 때부터 동네 잔칫집이나 이모들과 어울리는 자리에서 듣던 노래다. 어머니의 노래는 항상 똑같았다.

먼저 "앵두나무 우물가에 동네 처녀 바람났네~"로 시작하는 노래를 하고, 한 곡을 더 청하면 "보슬비가 소리도 없이 이별 슬픈 부산정거장~"이라는 노래를 불렀다.

전자는 제목이 '앵두나무 우물가'로 김정애가 1957년에 처음 부른 노래다. 1절은 "앵두나무 우물가에 동네 처녀 바람났네/ 물동이 호밋자루 나도 몰라 내던지고/ 말만 들은 서울로 누굴 찾아서/ 이쁜이도 금순이도 단봇짐을 쌌다네"다. 어머니는 1937년생이니 어머니가 스물한 살 때 나온 노래다.

후자는 남인수가 1953년에 처음 부른 '이별의 부산정거장'인데, "보슬비가 소리도 없이 이별 슬픈 부산정거장/ 잘 가세요 잘 있어요 눈물의 기적이 운다/ 한 많은 피난살이 설움도 많아/ 그래도 잊지 못할 판잣집이여/ 경상도 사투리의 아가씨가 슬피 우네/ 이별의 부산정거장"까지가 1절이다.

어머니는 나에게 시집살이 때문에 젊어서 여러 번 보따리를 싸서 집을 나가려고 했었다고 고백한 적이 있다. 이런 어머니의 현실탈출 심리와 현실을 탈출하지 못하는 슬픔이 두 곡의 노래에 들어 있다.

어머니는 당신이 죽으면 시골의 아버지 산소 옆에 묻지 말고 화장을 해서 여기저기 돌아다니게 밝고 넓은 곳에 뿌려달라는 유언을 남겼다.

뼛가루를 뿌리며

어머니를 저 언덕으로 보내면서 인생이란 것이 우환에 살고 안락에 죽는다는 맹자의 말이 떠올랐다. 이런저런 우환에 산 어머니의 마지막 얼굴은 평온하였다.

장남인 나는 치러낼 장례 절차를 생각하느라 슬픔에 빠져들 겨를이 없었는데, 이것저것 챙기다보니 냉철한 사무원 같다는 기분이 들었다.

문상객을 맞으면서도 슬프다는 느낌이 들지 않았고 눈물도 나지 않았다. 그러던 내가 운 것은 어머니의 시골 친구들이 버스 한 대를 전세 내어 올라와 빈소를 눈물바다로 만들 때였다.

허리가 굽고 검버섯이 나고 손이 굽은 어머니의 시골 친구들이 바닥에 앉아 허리를 구기고 엎어지고 손으로 바닥을 치며 콧물 눈물로 범벅된 얼굴에 주름을 만들면서 우는 모습은 죽은 친구에 대한 예의였고 세상에서 가장 진실한 소리였다.

어머니의 시신은 화장장에서 2시간 동안 탔다. 타고 남은 흰 뼈가 금속판 위에 흰 눈처럼 쌓여 있었다. 화부는 골목에 내린 눈을 쓰레받기에 쓸어담듯이 뼛조각을 쓸어담았다. 파쇄기에 잘게 부서진 뼈를 오동나무 상자에 담아 들고 나오는데, 남은 온기가 어머니의 체온처럼 따뜻했다.

어머니가 병원에서 사용하던 옷가지와 물건, 나와 동생과 아이들이 입은 상복들을 벗어 청소부가 지정하는 쓰레기통에 버렸다. 사람도 이런 옷가지나 물건들처럼 사용하고 나면 버려지는 것이라는 생각이 들었다.

홍제동 포교원에 어머니 영정을 모신 뒤 뼛가루를 안고 고향으로 향하면서 어머니의 육신을 이 세상에서 다시는 볼 수 없다는 사실이 무척이나 아팠다. 다른 인연도 헤어질 때는 이럴 것이라는 생각을 했다.

해가 질 무렵에 고향에 도착하여 돈돌배기에 있는 아버지 산소에 소주 한 컵과 포를 놓고 절을 한 다음 뼛가루를 산소 주변에 뿌렸다. 마침 바람이 불어서 뼛가루는 구름처럼 공중

을 떠다니다가 멀리 사라졌다. 묵은 밭에 가득한 마른 억새
가 흐느껴 울었다. 동네를 지나는 고압선도 고압으로 울었다.

많은 시간
가슴을 다친 나무로 살다가 지금은
흰 싸락눈으로 날리고 있다

몸이 이렇게 타고 부서져 가벼워지기까지
칠십일 년이라는
긴 시간이 걸린 것이다

한 삽도 안 되는 뼛가루를 만드는데
이렇게 긴 시간이 필요하다니
어머니는 지루했을 것이다

묵은 밭 억새가 울면서
동네를 지나는 고압선이 고압으로 울면서
산등성이를 뛰어가고 있다

—졸시 「뼛가루를 뿌리며」 전문

텃밭 감나무 아래에도 뼛가루 한줌을 묻었다. 어머니는 감나무의 물관을 타고 다니며 해마다 봄에는 새잎과 감꽃으로 피고, 여름에는 푸른 잎과 떫은 감이 되고, 가을에는 붉은 잎과 붉은 감이 될 것이다.

그러면 까치가 와서 감을 쪼아 먹고 이 나무와 저 나무, 이 산과 저 산을 자유롭게 날아다닐 것이다. 자유롭게 떠도는 것은 어머니가 바라던 일이었다.

그리고 나머지 뼛가루는 앞 냇물에 뿌렸다. 무거운 뼛조각은 물 아래로 가라앉았고, 가벼운 것은 물 위로 떠갔으며, 더 가벼운 것은 연기처럼 날아서 물억새 숲으로 사라졌다.

냇물 바닥에 가라앉은 것은 물고기가 먹거나 흙에 섞이고, 가벼운 것은 물결을 따라서 강으로 바다로 갈 것이다. 여기저기 다니며 세상 구경하고 싶다는 게 어머니의 바람이었다.

냇둑에서 분골 상자와 보자기를 태우고 집으로 돌아오면서, 아버지 산소에 뿌린 뼛가루가 마음에 걸리기도 하였다. 병상에 누워 있던 어머니는 당신을 화장하여 밝고 맑은 양지와 멀리 볼 수 있는 훤한 곳에 뿌려달라고 하였기 때문이다.

나와 큰 여동생과 비구니 스님이 된 고종사촌과 아들은 시골집 사랑방에 장작불을 때고 누워 인연에 대하여 이야기하였다. 우리는 인연 가운데 사람을 만나는 인연이 제일 중요하다는 것에 모두 동의하였다.

이른 아침에 찾아온 재당숙은 집안에 사람이 잘못 들어오는 게 가장 견디기 힘들다고 하였다. 짐승 같으면 팔기라도 할 텐데, 사람은 그럴 수도 없다는 것이었다.

나는 어머니의 유품을 정리하며 염주 네 개를 챙겼다. 어머니가 손자 대학 첫 등록금을 장만하겠다며 모으기 시작했다는 크고 무거운 돼지저금통은 아들에게 안겨주었다.

아들과 함께 서울행 버스에 몸을 싣고 돌아오면서 어머니가 어느 절에서 구해다가 놓은 『원각경』「보안보살장」을 읽었다. 부처님은 보안보살에게 항상 이런 생각을 하라고 하신다.

지금 내 이 몸뚱이는 흙, 물, 불, 바람이 화합하여 된 것이다. 터럭, 이, 손톱, 발톱, 살갗, 근육, 뼈, 골수, 때, 빛깔들은 다 흙으로 돌아갈 것이다. 침, 거품, 담, 눈물, 정기, 대소변은 다 물로 돌아갈 것이다. 더운 기운은 불로 돌아갈 것이고, 움직이는 것은 바람으로 돌아갈 것이다. 흙, 물, 불, 바람이 흩어지면 이제 이 허망한 몸뚱이는 어디에 있을 것인가……

나는 마침내 이 세상에서 허망하게 사라진 어머니와 이 허망한 내 몸뚱이를 생각하는 사이에 슬픔이 가라앉고 마음이 편해졌다.

제2부

양생의
시학

가슴에 심은
첫 시집

나는 중학교 3학년 때 이정옥 시집 『가시내』(문학사, 1963)를 처음 만났다. 당시는 시험을 보고 고등학교에 진학하던 시절이어서 폐가식 도서실에서 밤늦도록 공부를 했는데, 그때 바닥에 떨어져 있던 시집을 만난 것이다.

그때 우연히 만난 시집 한 권이 지금까지 시를 쓰게 하고 있으니, 우연을 통해 시인이라는 운명이 결정된 것이다.

그 시집을 읽은 후 나는 처음으로 도라지꽃을 소재로 시 한 편을 썼다. 분토골 고갯마루 산소 마당에 피어 있던 보라색 도라지꽃을 보고 쓴 것이다.

분토골 고개는 중학교에 등교하려면 넘어야 하는 고개였

다. 나는 거기서 처음으로 시라는 것을 써보려고 앉아 있다가, 몸이 노곤해지면 누워서 모자로 얼굴을 덮고 낮잠을 즐기기도 했다.

나는 아직도 이정옥 시인의 이력을 모른다. 내가 등단을 하고 나서, 1960년대 무렵에 등단한 선배 시인 몇 분에게 물어봐도 이정옥 시인을 기억하는 사람이 없었다. 당시 문인들에게 이 시집이 주목을 받거나 깊은 인상을 주지는 않았나보다.

시집 앞글을 보면 1963년 4월 20일 '양성일 선생님께 드리는 글'에서 당시의 추천 제도를 "고아원에서 양로원으로 입양하는 까다로운 절차"뿐만 아니라 "아니꼽고 비린 입양 수속" 제도라고 비꼬고 있다.

아마도 정식 등단 절차를 거치지 않았고, 문단에서 소외받고 있었으며, 당시 주위의 선배 문인들도 여전히 문학과 생활의 문제로 크게 고민하고 있었음을 알 수 있다.

또 여전히 "출판사는 시를 천시하고, 독자는 시를 쳐다보지 않았다"는 사실을 알 수 있다. 시를 대하는 눈길이 요즘과 별로 다르지 않았던 것 같다.

이 시집의 첫 시는 「카네이션」이다. 좀 길지만 전문을 소개하여 세상에 알리고 싶다.

어머니

이제, 눈물은 거두어 주세요

당신의 딸이

빨알간 카네이션을 꺾어왔습니다

오월의 매력이 훈풍 속에 나부끼고

가로수 잎들이 검빛으로 짙어가는

빼앗겼던 사랑이 되돌아온 화원에

시들은 꽃잎이 다시 피는 화원에

당신의 웃음이 있어야 하지 않습니까

어머니

이제 잊어도 좋지 않습니까

약함의 소치라는 눈물만을 가진

오늘을 바래 죽을 수 없었다는

딸을 울리던 당신의 어제 말입니다

망각의 지역엔

당신을 기다리는 행복이

카네이션 다발 속에 마련되어 있습니다

누구도 거역 못한

영웅도 걸인도 기권 못한 생명을

우린

파아란 오월의 창공에 꽃잎처럼 날려요

보세요

오늘이 다 가는 하늘 저쪽엔

핏빛보다 짙은 노을이 있지 않습니까

노을보다 짙은 슬픔일랑 태우고

노을보다 짙은 가슴들을 태우며

노을보다 짙은 내일의 마련 위해

눈물일랑 아예 거두어 주세요

아이 참

또 우시네요

싫어요

당신의 딸은 슬퍼도 울지 않는답니다

당신의 딸은 슬퍼도 울지 않으려

맹세 했답니다

제가 울고 있다고요

아니에요

이건—

이마의 땀이 눈을 타고 흘러 방울진 것이에요

어머니

당신의 사랑을

우리의 오늘을

오월의 창공에

카네이션 꽃잎처럼 멋지게 날려요

카네이션 향기처럼 멋있게 풍겨요.

　　—「카네이션」 전문

"어머니/ 이제 눈물을 거두어 주세요"라고 시작하는 도입부의 표현이 인상적이다. 이 시는 어머니의 사랑을 상찬하는 내용인데, 비유 등의 시적 장치가 거의 보이지 않는 것이 사실이다. 그리고 감상과 관념이 지배적이다.

　그러나 당시에 이 시가 열 몇 살의 중학생이었던 나에게

얼마나 크고 막연한 시심의 병을 일으켰는지 지금도 기억이
또렷하다. 더구나 내 등단작도 「어머니께」 연작이 아닌가.
　이 시집의 두번째 작품은 「간이역 풍경」이다. 이것 역시 길
지만 전문을 세상에 내보인다.

　　언덕 아래 강이 있고
　　산 아래 철길이 뻗어 있는
　　간이역 광장에
　　제복을 입고 선 역원이 있습니다

　　제복을 입은 역원이
　　개찰구에 섰습니다
　　피곤에 지친 얼굴들이
　　차창에 어리어 있습니다
　　결코
　　피안일 수 없는 목적지를 내리는
　　여객들은 개찰구 앞에 일렬로 섰습니다
　　어디선가 꼭 본 것 같은 얼굴들이
　　때 묻은 여권을 놓고 바쁘게 나갑니다

기적은 산모퉁이를 돌아가고
광장엔 쓸쓸한 계절이 매달려 있습니다
역원은 멍하니 산모롱이를 돌아봅니다
어디선가 꼭 본 것 같은 얼굴들이
스쳐
가고
오고……
어디선가 꼭 본 것 같은 얼굴들인데

아무도 다정한 인사를 남겨두지 않은
생활도 표백된 제복을 입고
어차피 호올로 서 있습니다

밤은 내려 덮이고
시간의 배열 위에 몸을 누이면
고달픈 영혼에 잠이 오지 않습니다
조으는 야등이 밤을 지킵니다
가슴을 열고
울음도 웃음도 아닌 목소리를 냅니다
절벽에 부딪쳐 되돌아오는 음향

메아리 하나 하나
다시 가슴에 담습니다
적막은 더 깊게 여울져 옵니다.

언덕 아래 강이 있고
산을 끼고 철길이 뻗어 있는
간이역 플랫홈.
기차는 지나가버렸고
차를 놓친 손님 하나
못쓰게 된 차표를 들고
감미로운 기억들을 더듬어
떠오르지 않는 악곡인양

안타까운 눈망울로
멍하니
산모롱이로 달아난
기적의 꼬리를 잡고 섰습니다.

퇴색한 감정에다 남포불을 켜들고
인생은

간이역 광장에

외로이 서 있는 역원입니다

낯익은 얼굴들인데

아무도 다정한 인사를 남겨두지 않습니다

낯익은 얼굴들인데

아무도 초겨울 밤을

함께 지켜주지 않습니다.

   —「간이역 풍경」 전문

간이역 풍경을 구체적이고 사실적으로 그린 이 시에 보이는 "기적은 산모퉁이를 돌아가고/ 광장엔 쓸쓸한 계절이 매달려 있습니다"라는 문장은 어린 나에게 일상의 공허함과 인생의 황량함을 느끼게 해주었다.

시골 간이역 풍경, 인생을 간이역에서 기차를 놓치고 서 있는 손님의 외롭고 쓸쓸한 심경에 비유한 장면이 절창이다. 청소년기에 만난 이 시 때문인지 나는 지금도 시골 간이역의 텅 빈 플랫폼을 좋아한다. 그것도 열차가 기적을 남기고 방금 사라진 철로변을.

인생이라는 것이 한적한 간이역 광장에 외롭게 서 있는 역원이라는 표현이 열 몇 살 소년의 가슴을 싱숭생숭하게 흔들었다. 나는 장차 수십 년 이어질 막연한 인생을 생각하며 잠을 이룰 수 없었다. 어서 나이를 먹어 간이역 같은 곳에서, 외롭고 쓸쓸할 것 같은 곳에서 이름 모를 여자를 만나 연애도 하고 결혼도 하고 여행도 하고 싶었다.

나는 중학교를 졸업하고 충청도 산골에서 멀리 떨어진 부산에 있는 고등학교에 진학했다. 당시 대통령이 '조국근대화의 기수'를 기치로 내걸고 기능공을 양성하기 위해 특수목적으로 세운 국립부산기계공업고등학교였다. 3년 동안 기숙사 생활을 했다. 학비도 숙식도 공짜였다. 그곳에서 바다를 보며 3년을 보냈다. 그러면서 선생도 선배도 없이 막연히 시를 썼다.

시집 여백에 열여섯 살 때인 1975년 9월 10일에 쓴 시가 보인다. 그리고 1977년에 썼던 몇 편의 시와 931돌 한글날 백일장에서 입선한 시, 같은 해 10월 1일에 쓴 편지투의 '해운대 달밤'이라는 제목의 짧은 글도 있다. 다른 사람에게 보여주기에는 창피한 감상투의 글들이다.

아무튼 나는 중학생 시절에 우연히 만난 시집 한 권을 가슴에 심어서 지금까지 이렇게 시를 쓰고 있는 것이다.

식물출석부

이른 봄에 충청도 덕산에 있는 온천을 거쳐 용봉산을 다녀
왔다. 용봉산 등산로 초입에 산소가 있었다. 비석이 기울어
있었다. 비문을 보니 세운 지 40년이 안 된 비석이었다. 단단
히 세웠을 비석을 세월이 기울게 한 것이다.

산소 주변에 소나무와 신갈나무가 그늘을 만들어 산소 봉
분은 풀이 듬성듬성하였다. 그늘이 져서 풀이 자라지 않은
것이다. 그런데 봉분에 피어 있는 제비꽃 한 송이가 마치 머
리핀 같다는 생각이 들었다.

산자락 묏등에 제비꽃 한 송이 피었는데

누군가 꽂아준 머리꽃핀이어요

죽어서도 머리에 꽃핀을 꽂고 있다니
살아서는 어지간히나 머리핀을 좋아했나 봐요

제비꽃 머리핀이 어울릴만한
이생의 사람 하나를 생각하고 있는데

멀리서 찻물 끓이며 지나는 솔바람이
연두색 신갈나무 새잎을 흔들고 있어요

진달래는 얼굴처럼 붉고
산벚꽃나무가 환하게 등불을 켜고 있어요

　　―졸시 「제비꽃 머리핀」 전문

　머리에 꽂은 꽃핀을 본 적이 오래되었다. 어렸을 때 여동
생들이 애지중지하던 머리핀이 생각났다. 거기서 제비꽃 머
리핀이 어울릴 만한 사람을 떠올렸다.

그러고 보니 내 시에는 풀과 나무와 꽃이 많이 등장한다. 내가 이런 화초에 관심을 갖게 된 것은 들꽃 핀 들판이 유년의 놀이터였기 때문이 아닐까.

한때는 식물사전을 열심히 들고 다닌 적이 있다. 식물사전을 들고 나가면 식물들이 자기 이름을 불러달라며 나를 쳐다보고 있었다. 그러니 나는 식물출석부를 들고 다녔던 셈이다.

식물 이름을 모를 때는 그냥 풀이나 나무였는데, 이름을 알고 나니 특별한 존재로 다가왔다. 사람도 그렇지 않은가. 이름을 불러주는 순간 불특정 다수의 사람 중에 하나였던 사람이 특별한 존재로 나에게 다가오지 않던가.

내가 자주 인용하는 책 하나가 『논어』인데, 거기 양화편 9절에 보면 이런 구절이 있다. "공자가 말하길, 너희들은 어찌하여 시를 열심히 배우지 않느냐? 시는 마음을 감흥시키고, 사물을 올바로 볼 수 있게 하며, 남과 잘 어울리게 하고, 원망할 수 있게 하며, 가까이는 어버이를 섬기게 하고, 멀리는 임금을 섬기게 하며, 새와 짐승과 풀과 나무의 이름을 많이 알게 한다."

시가 현실 삶의 소용에 닿아야 한다는 말이고, 사람 관계와 지식을 늘리기 위해 시 공부의 중요성을 강조하고 있는 것인데, 무엇보다 내 맘에 드는 것은 "새와 짐승과 풀과 나무의 이름을 많이 알게 한다(多識於鳥獸草木之名)"는 부분이다.

공자가 기원전 12세기 때부터 내려오던 시 가운데 좋은 시만 가려 뽑아서 엮은『시경』이라는 책은 식물백과사전이라고 해도 과언이 아니다. 정약용의 둘째 아들 정학유가『시경』속의 식물을 분류하여 저술한 책인『시명다식(詩名多識)』을 보면 326개 항목 가운데 식물 관련 항목이 213개에 이른다.

그리고 305편의 시에서 213종의 식물이 나온다면 대단한 것이다. 나는 오래전『시경』을 읽다가 팥배나무를 처음 알았는데, 알고 나니 주변에 흔한 나무가 팥배나무였다.

이때부터 시를 쓰려면 식물의 이름을 많이 알아야겠다는 생각을 하게 되었고, 그래서 자연히 식물 이름에 관심을 갖게 되었다.

시를 공부하면 식물을 많이 알게 되는 게 사실이고, 식물 이름을 많이 알면 시가 훨씬 풍성하게 써진다는 게 내 경험이다. 식물 이름을 하나 알면 시어 하나를 아는 것이다. 그리고 식물을 모르면 시를 완전히 읽어내기도 어려울 것이다.

나는 20년 넘게 청계천 광교를 건너서 직장에 다녔다. 이명박 정권 때, 시멘트로 덮혀 있던 청계천을 다시 열고 천변에 이팝나무를 심은 게 몇 년 안 된다. 나는 이팝나무를 벗 삼아 몇 계절을 같이 보냈다. 이팝나무꽃은 보슬비가 내리는 5월에 가장 아름다운 풍경을 이룬다.

청계천이 밤새 별 이는 소리를 내더니
이팝나무 가지에 흰 쌀 한 가마쯤 안쳐놓았어요

아침 햇살부터 저녁 햇살까지 며칠을 맛있게 끓여놓았으니
새와 벌과 구름과 밥상에 둘러앉아
이팝나무꽃밥을 나누어 먹으며 밥 정이 들고 싶은 분

오월 이팝나무 꽃그늘 공양간으로 오세요
저 수북한 꽃밥을 혼자 먹을 수는 없지요
연락처는 이팔팔에 이팔이팔

―졸시 「이팝나무꽃밥」 전문

5월 이팝나무 위에 흰 꽃이 수북이 핀다. 꽃은 나무 이름
의 근원과 마찬가지로 커다란 밥그릇에 퍼놓은 흰 쌀밥을 닮
았다. 그런데 마지막 시행을 이팝과 비슷한 소리로 '이파리에
이팔이팔'로 하였다.

아무튼 내 시에는 식물이 많이 등장한다. 김인육 시인은

내 시집에 식물이 많이 등장한다는 요지의 시집 서평을 쓴 적이 있다. 맞는 말이다.

나의 시와 종교

어머니에게 두세 번 들은 말이다.

내가 아주 어렸을 때, 탁발을 하러 온 스님이, "아들이 탯줄을 목에 걸고 나왔지요?" 하고 묻더니, 깜짝 놀라는 어머니에게 명을 길게 하려면 동네에서 가장 가난한 과수댁을 수양어머니로 삼아주라는 말을 했다고 한다. 그리고 아들이 절밥을 먹을 것이라고 했단다.

어머니는 "너는 뱃속에서 나올 때 탯줄을 목에 걸고 나왔어. 삼신할매가 세상에 나올 때 염주를 걸어준 거야. 그러니 스님들한테 잘해야 혀."

아무튼 나는 동네 임씨네 아주머니를 수양어머니라고 부

르며 자랐다. 명절이나 생신 때마다 고기와 선물을 들고 갔던 기억이 생생하다. 아버지도 그 집안의 일을 많이 도와주었다. 물론 수양어머니도 우리집 대소사에 오셔서 자기집 일처럼 일을 거들어주었다.

나도 그 집에 자주 가서 놀았다. 수양어머니 무릎 아래서 엎드려 글씨를 쓰는 나를 칭찬하던 모습도 기억난다.

스무 살이 조금 지난 때였던가, 버찌가 익을 무렵에 청송 주왕산 대전사(大典寺)로 혼자 여행을 간 적이 있다. 고등학교를 다니던 여동생에게 엽서를 보냈는데, 그걸 보신 부모님이 내가 출가를 생각하는 줄 알고 하숙집으로 찾아온 적도 있었다. 절밥을 먹을 거라던 탁발승의 말과 목에 댓줄을 염주처럼 걸고 나온 내가 아무래도 걸렸던 모양이다.

물론 어머니는 비구니 스님이 주지인 읍내 법성암이라는 절에 다니셨다. 나이가 들수록 더 자주 다니셨다.

나는 시골집과 멀리 떨어져 부산에서 고등학교를 다녔는데, 그때 교회가 궁금하여 학교 근처 해운대 감리교회를 찾아가서 다녔다. 술과 담배를 안 하고 마음씨 좋고 착해빠진 내가 성경을 끼고 다니자, 친구들은 나를 공목사라고 불렀다.

고등학교를 졸업하고는 포항기독청년회(YMCA)에서 호티라는 미군에게 성경을 배우기도 했다. 호티가 준 영어성경을 아직도 가지고 있다. 그러나 문익환 목사의 강연이나 안병무, 서남동 교수의 책을 통해 민중신학과 해방신학을 만나면서 교회와 결별했다.

최근에 헌책방에 갔다가 구티에레즈의 『해방신학』(분도출판사, 1977)을 만나 다시 샀는데, 책의 내용보다는 향수를 산 것이다.

그래서인지 내 첫 시집 『대학일기』의 첫 시 「대학일기 0」에서는 "나의 사랑 나의 어여쁜 자여/ 일어나 함께 가자"(아가서 2:10)라는 성경 구절을 인용했다. 한때나마 성경을 관심 있게 공부한 결과였다.

개처럼 밤을 짖어대다
피곤에 지쳐 너는
검은 아스팔트 위에 쓰러졌구나
던지다 던지다 다 못 던진
날카로운 돌 몇 개 움켜쥐고
머리가 깨져 피 튀긴 채

나의 사랑 나의 어여쁜 자여

일어나 함께 가자

저 멀리 보이는

살아 넘어가야 할

살아남거나 죽어 돌아와서는 안 되는

우리들의 새벽길

빛나는 아침까지

—졸시 「대학일기 0—나의 사랑 나의 어여쁜 자여」 전문

엄혹한 정치의 계절에 절망하여 쓰러진 젊은 영혼들에게 일어나서 함께 어깨를 걷고 시대의 벽을 넘자는 서정적 절규였다. 졸업 후 기업에 취직했던 나는 이 시집 때문에 해직이라는 필화를 겪고 말았다.

내가 직접 불교를 만난 것은 불교 종립 대학에 입학하여 '불교문화사'와 '불교학개론' 등을 배우면서다. 어려워서 알 듯 모를 듯하였는데, 이런 불교학 교과목보다는 오히려 『삼국유사』에 관심을 가지면서 불교에 흥미를 느꼈다.

그래서 종교 교육은 진리를 관념적으로 역설하는 것보다는 구체적 사건과 사례를 가지고 흥미롭게 이야기하는 것이

바람직하다는 생각이 든다.

『삼국유사』를 좋아했던 나는 오래전에 천하 제일서가『논어』라고 한 어느 일본 학자의 글을 읽은 적이 있는데, 그런 식으로 우리 민족 제일서를 따진다면『삼국유사』가 아닐까 하고 생각하게 되었다.

대학 입학 때 신입생들에게 나누어준『불교성전』(동국역경원, 1972)은 지금까지 책상 가까운 책장에 꽂아두고 글을 쓸 때 들춰 본다. 졸업 후 잠시『대중불교』기자로 활동하기도 했던 나는 해인사 고암 스님 다비식에 사진기를 들고 가서 젊은 스님들과 밤을 같이 지새우다가 마음이 흔들리기도 했다.

이곳저곳의 절에 자주 다녔고, 결혼식도 동국대 교정에 있는 정각원이라는 절에서 했다. 주례는 신경림 시인이었다. 1993년에는 성철 스님 아동전기를 썼고, 그후에 청담 문중의 요청으로 청담 스님 아동전기도 썼다.

이런저런 인연으로 내 시에 불교가 처음 들어온 것은 시집『지독한 불륜』(실천문학사, 1996)에서였을 것이다. 거기에「운장암에 가서」라는 시가 있다. 운장암은 고향 시골집에서 가까운 절이다.

헌책방을 뒤져서 구입한 운허 용하가 지은『불교사전』(법보원, 1961)에 보면, 충청남도 청양군 사양면 백화산에 있는 절이라고 나와 있다. 사양면은 남양면의 옛 이름이다. 백화산이라는 것도 처음 알았다.

운장암에는 철제보살상이 있다. 절이 있었으나 폐사되고 유물이 매몰되었는데, 1940년 10월에 이곳에서 밭농사를 짓던 동네사람이 철제보살상을 발견하여 바위 위에 세워놓은 것을 인근에서 광산을 하던 분이 사무실에 모셨다가 운장암에 봉안하였다고 『청양군지』(1995)에 전한다.

다행인 것은 그 광산을 하던 분이 안목이 있어서, 바위 위에서 비바람을 맞던 불상을 다른 곳으로 방출하지 않고 사무실에 모셔둔 일이다.

내가 어렸을 때는 운장암에 대처승이 살았고, 그분 성이 백씨라는 것까지는 기억한다. 내가 어른이 되어 처음 운장암을 찾아갔을 때는 함석지붕에 기둥이 반듯한 민가였다. 그곳에 손재주와 인심이 좋은 젊은 스님이 계셨고, 나는 고향에 들를 때마다 암자를 찾아가서 스님과 이야기도 나누고 밥도 얻어먹으면서 한참 놀다가 왔다.

시집 『소주병』(실천문학사, 2004)의 첫 시는 「수종사 풍경」이다. 시집의 첫 시이니 내심 만족스럽게 여겨졌다는 뜻이다.

양수강이 봄물을 산으로 퍼올려

온 산이 파랗게 출렁일 때

강에서 올라온 물고기가

처마 끝에 매달려 참선을 시작했다

햇볕에 날아간 살과 뼈

눈과 비에 얇아진 몸

바람이 와서 마른 몸을 때릴 때

몸이 부서지는 맑은 소리

　　―졸시「수종사 풍경」전문

　생각해보니 내 시집에 불교 제재의 시들이 제법 많다. 어
떤 시는 불교 제재가 육화되지 않았고, 어떤 시는 자연스럽
게 불교가 녹아 있다. 불교 제재가 생경하게 드러난 시들을
보면 어딘지 모르게 시가 덜 되었다는 후회를 한다. 왜 이렇
게밖에 못 썼나 하고 내가 미워진다. 내 시가 아직 멀었다는
생각도 든다.

가장 실패하기 쉬운 시가 종교 제재 시인 것 같다. 경전에 담긴 진리를 시에 쓰기 때문이다. 시는 석가나 예수의 진리를 옮겨 쓰는 것이 아니다. 경전 내용을 다시 쓰는 것이 아니다. 사람 마음에서 터져 나오는 서정적 충동을 쓰는 것이다.

　불교를 의식하지 않고, 불교 냄새를 피우지 않는 시가 가장 불교적인 시가 아니겠는가 하는 생각이 든다.

나라를 근심하면서 쓴 시

다산 정약용 선생은 '나라를 근심하는 마음이 없으면 시가
아니다(不憂國非詩也)'라고 했다. 중국에서는 나라가 불행해야
시인이 행복하다는 말도 있다.

얼마 전 안동 방송국에서 전화가 왔다. 인터넷에서 「병산
습지」라는 시를 봤는데, 시민들과 함께 병산습지를 둘러보는
프로그램이 있어서 시인의 육성낭송을 녹음하여 시민들에게
들려주고 싶다는 것이었다. 나는 전화로 녹음을 했다.

국토가 파헤쳐지는 것을 걱정하는 행사에 참여했을 때 쓴
시다. 2015년 여름, 병산서원에서 하회마을까지 걸어가면서
습지에 난 달뿌리풀과 모래나 진흙에 찍힌 짐승 발자국과 짐

승들이 싸놓은 똥을 상상해서 쓴 것이다.

달뿌리풀은 어릴 적에 시골 친구들과 놀면서 캐 먹곤 했던 달큼한 맛의 식물이다.

달뿌리풀이 물별 뜬 강물을 향해
뿌리줄기로 열심히 기어가는 습지입니다
모래 위에 수달이 꼬리를 끌고 가면서
발자국을 꽃잎처럼 찍어놓았네요
화선지에 매화를 친 수묵화 한 폭입니다
햇살이 정성껏 그림을 말리고 있는데
검은꼬리제비나비가 꽃나무 가지인 줄 알고
앉았다가는 이내 날아갑니다
가끔 소나기가 버드나무 잎을 밟고 와서는
모래 화선지를 말끔하게 지워놓겠지요
그러면 또 수달네 식구들이 꼬리를 끌고 나와서
발자국 꽃잎을 다시 찍어놓을 것입니다
그런 밤에는 달도 빙긋이 웃겠지요
아마 달이 함박웃음을 터뜨리는 날은
보나마나 수달네 개구쟁이 아이들이
매화꽃잎 위에 똥을 싸놓고서는

그걸 매화향이라고 우길 때일 것입니다.

　　ー졸시 「병산습지」 전문

　요즘 들어 시가 지겹다고 한다. 시에 현실감과 생동감이
없어서다. 시의 내용이 뜬구름 잡는 이야기이고, 표현이 축축
늘어진다면 얼마나 지겹겠는가.

　조선 중기의 유몽인은 시는 사상과 감정을 표현하는 것인
데, 시어를 아무리 잘 다듬어도 정작 사상적 내용과 그 지향
성이 결여되면 시를 알아보는 사람이 이를 취하지 않을 것이
라고 하였다. 시는 시속(時俗)을 일깨우는 데 의의가 있는 것
이지 풍물이나 경치만 읊는 게 아니라는 말이다. 수백 년 전
선배가 요즘 시인들에게 하는 말이다.

　조선 전기에 40여 년간 문단을 장악했던 서거정은 여행과
현실에서 배우지 않은 문장은 곧 낡고 썩기 쉽다고 하였다.
문장에는 기백이 나타나기 때문이란다. 요즘 시들이 기백이
없고 횡설수설에다 난잡, 난해, 불통인 것은 시가 현실과 접
촉하지 않기 때문이다.

　우리 인간은 사회, 정치, 경제, 역사적 현실에 던져진 존재
다. 시인 자신이 회사원이나 학생, 주부이면서도 자기 존재

와 무관한 시를 써대니, 이는 시를 잘못 가르치고 배워서 그렇다. 다음은 어느 아마추어 문예공모전 심사평에 실린 글이다.

흔히들 '문학' 하면 비현실적이고 일상생활에서 일탈한 환상적인 것으로 생각하기 쉽다. 잘못된 문학교육의 영향 탓이다. 문학은 환상적인 것도 있지만 극히 평범한 보통사람들의 기쁨과 슬픔과 분노와 고뇌를 그린 것도 포함한다. 왜 이런 따분한 말을 하느냐 하면, 산문 부문 응모자들이 너무 규격화된 소재가 많은 대신 정작 기대했던 은행 안에서 전개되는, 혹은 될 법한 온갖 재미있는 소재들은 드물다는 걸 지적하고 싶어서다. 가장 많은 소재가 가족(특히 어머니와 아버지), 그 다음이 여행기, 산행 등등이다. 마치 은행 생활 이야기를 고의로 피하는 듯하다. 그 안에서 얼마나 많은 일들이 벌어지는데 그런 문학적인 소재의 황금창고를 외면한 채 다른 화두를 열심히 찾는 게 안타깝다. 물론 은행이야기만 하라는 뜻이 아니라 세상을 살아가는 땀 냄새가 스민 글이 진정한 문학이라는 것이다. 특히 산문을 읽노라면 은행원들은 세상과 담을 쌓고 업무가 끝나면 등산이나 여행만 다니는 것 같다. 시야를 넓혀 보통사람들의 다양한 생각을 담아보기 바란다. (임헌영,

바로 현실의 자기 경험이 시 소재의 황금창고라는 것이다. 그러나 문학교육의 잘못으로 대부분 황금창고를 보지 못한다. 시인은 현실 상황에 놓인 자기의 존재를 살피는 것에서부터 시 쓰기를 시작해야 자신의 이야기이니 잘 쓸 수 있고, 그래야 현실감과 생동감 있는 시를 쓸 수 있다.

자기 자신의 존재, 즉 여성시인은 성차별 속에 사는 여성의 문제, 주부시인은 가사와 육아 등의 전담 문제, 교사시인은 교권에 대한 시비, 회사원 시인은 임금이나 고용 등의 노동권, 문학청년은 실업이나 과다한 등록금 문제로부터 시를 시작해야 하는데 그렇지 않다.

현실감과 생동감 있는 시를 쓰려면 현실에 관심을 가지고 상상력을 발휘해야 한다. 물론 시인이라고 다 올바른 지식인은 아니지만 올바른 지식인이라면 세계가 어떻게 돌아가는지, 우리 인간을 살기 어렵게 하는 사회의 문제가 무엇인지 밝히고 따져야 한다.

시가 횡설수설이고 난잡, 난해해서 정말로 읽기가 불편하게 느껴지는 것은 무엇보다도 지향성이 없기 때문이다. 시인의 의도가 없기 때문이다. 창작자의 작의가 없기 때문이다.

아래 시는 이명박 정부 때 국토를 파헤치는 것을 근심하면서
쓴 시다.

강물은 몸에

하늘과 구름과 산과 초목을 탁본하는데

모래밭은 몸에

물의 겸손을 지문으로 남기는데

새들은 지문 위에

발자국 낙관을 마구 찍어대는데

사람도 가서 발자국 낙관을

꾹꾹 찍고 돌아오는데

그래서 강은 수천 리 화선지인데

수만 리 비단인데

해와 달과 구름과 새들이

얼굴을 고치며 가는 수억 장 거울인데

갈대들이 하루 종일 시를 쓰는

수십억 장 원고지인데

그걸 어쩌겠다고?

쇠붙이와 기계소리에 놀라서

파랗게 질린 강.

―졸시「놀란 강」전문

　나는 환경운동단체들이 여주 신륵사 앞 여강선원 앞에서
벌이는 4대강사업 반대집회에 한국작가회의 회원들과 함께
다녀왔다. 거기에 가서 생명을 경시하는 정부의 개발지상주
의 정책의 실행 현장을 눈으로 확인하고 돌아왔다.

　시는 의도의 전달이다. 고려 시대 이제현은 시는 마음먹은
것을 표현하는 지향의 발현이라고 했고, 한때 무의미시를 주
창했던 김춘수 시인조차 시의 생명은 관념, 정서, 욕망 등을
함축성 있게 음영이 짙게 미묘하게 실감을 가지도록 전달하
는 데 있다고 하였다.

　그러므로 시를 아무리 뜯어보아도 시가 무슨 내용인지 모
르겠다는 것은 독자의 잘못이 아니라 창작자의 표현 미숙 때
문이라고 보면 된다. 무엇을 어떻게 써야 하는지 창작자조차
의도를 모르는 데서 오는 것이다.

　특히 시 공부를 잘못하여 시를 쓰기 위한 시를 쓸 경우에
내용 전달이 안 된다. 국토가 파헤쳐지는 현장을 보고 나라
를 근심하면서 쓴 졸시 두 편을 소개하다가 드는 생각이다.

임화의 시에 울컥

임화(1908~1953)의 시를 읽다보면 열정과 후련함, 그리고 서사의 유장함을 동시에 느끼게 된다. 그 가운데 「우리 오빠와 화로」는 가슴을 울컥하게 한다. 화자가 어린 누이이고 화자의 오빠가 공장에서 노동운동을 하다가 감옥에 갔기 때문이다. 화자의 어린 남동생이 겪는 아동노동도 불쌍하고 눈물겹다.

사랑하는 우리 오빠 어저께 그만 그렇게 위하시던 오빠의 거북무늬 질화로가 깨어졌어요

언제나 오빠가 우리들의 '피오닐' 조그만 기수라 부르는 영

남(永南)이가

　지구에 해가 비친 하루의 모—든 시간을 담배의 독기 속에다

　어린 몸을 잠그고 사온 그 거북무늬 화로가 깨어졌어요

　그리하여 지금은 화(火)젓가락만이 불쌍한 영남(永男)이하

구 저하구처럼

　뚝 우리 사랑하는 오빠를 잃은 남매와 같이 외롭게 벽에 가

나란히 걸렸어요

　오빠……

　저는요 저는요 잘 알았어요

　왜—그날 오빠가 우리 두 동생을 떠나 그리로 들어가신 그

날 밤에

　연거푸 말은 궐련(卷煙)을 세 개씩이나 피우시고 계셨는지

　저는요 잘 알았어요. 오빠!

언제나 철없는 제가 오빠가 공장에서 돌아와서 고단한 저

녁을 잡수실 때 오빠 몸에서 신문지 냄새가 난다고 하면

　오빠는 파란 얼굴에 피곤한 웃음을 웃으시며

　…… 네 몸에선 누에 똥내가 나지 않니—하시던 세상에 위

대하고 용감한 우리 오빠가 왜 그날만

말 한 마디 없이 담배 연기로 방 속을 메워 버리시는 우리 용감한 오빠의 마음을 저는 잘 알았어요

천정을 향하여 기어 올라가던 외줄기 담배 연기 속에서— 오빠의 강철 가슴 속에 박힌 위대한 결정과 성스러운 각오를 저는 분명히 보았어요

그리하여 제가 영남(永男)이의 버선 하나도 채 못 기웠을 동안에

문지방을 때리는 쇳소리 마루를 밟는 거칠은 구둣소리와 함께—가 버리지 않으셨어요

그러면서도 사랑하는 우리 위대한 오빠는 불쌍한 저의 남매의 근심을 담배 연기에 싸 두고 가지 않으셨어요

오빠—그래서 저도 영남(永男)이도

오빠와 또 가장 위대한 용감한 오빠 친구들의 이야기가 세상을 뒤집을 때

저는 제사기(製絲機)를 떠나서 백 장에 일 전짜리 봉통(封筒)에 손톱을 부러뜨리고

영남(永男)이도 담배 냄새 구렁을 내쫓겨 봉통(封筒) 꽁무니를 뭅니다.

지금—만국지도 같은 누더기 밑에서 코를 고을고 있습
니다.

오빠—그러나 염려는 마세요

저는 용감한 이 나라 청년인 우리 오빠와 핏줄을 같이 한
계집애이고

영남(永男)이도 오빠도 늘 칭찬하던 쇠같은 거북무늬 화로
를 사온 오빠의 동생이 아니예요

그리고 참 오빠 아까 그 젊은 나머지 오빠의 친구들이 왔다
갔습니다

눈물 나는 우리 오빠 동무의 소식을 전해 주고 갔어요

사랑스런 용감한 청년들이었습니다

세상에 가장 위대한 청년들이었습니다

화로는 깨어져도 화(火)젓갈은 깃대처럼 남지 않았어요

우리 오빠는 가셨어도 귀여운 '피오닐' 영남(永男)이가 있고

그리고 모든 어린 '피오닐'의 따뜻한 누이 품 제 가슴이 아
직도 더웁습니다

그리고 오빠……

저뿐이 사랑하는 오빠를 잃고 영남(永男)이뿐이 굳세인 형

님을 보낸 것이겠습니까

섭지도 않고 외롭지도 않습니다

세상에 고마운 청년 오빠의 무수한 위대한 친구가 있고 오
빠와 형님을 잃은 수없는 계집아이와 동생

저희들의 귀한 동무가 있습니다

그리하여 이 다음 일은 지금 섭섭한 분한 사건을 안고 있는
우리 동무 손에서 싸워질 것입니다

오빠 오늘 밤을 새워 이만 장을 붙이면 사흘 뒤엔 새 솜옷
이 오빠의 떨리는 몸에 입혀질 것입니다

이렇게 세상의 누이동생과 아우는 건강히 오늘 날마다를
싸움에서 보냅니다.

영남(永男)이는 여태 잡니다 밤이 늦었어요.

─누이동생

─임화, 「우리 오빠와 화로」(1929) 전문

일제강점기에 노동운동은 곧 사회주의운동이자 민족해방운동이었다. 노동운동을 하던 오빠는 경찰에 붙잡혀 감옥에 갔다. 남아 있는 여동생과 어린 남동생이 힘겹게 생계를 유지하면서 오빠의 영치물품을 마련하는 내용을 읽다가 울컥하였다.

이 시는 비슷한 처지와 경험 때문에 감정이입이 쉽게 되는 것 같다. 이 시가 쓰인 1920년대 말과 그후 1980년대의 사회구조는 별로 다르지 않았다. 80년대도 시 속의 오빠와 같이 노동운동과 민주화운동을 위해 투신하다가 감옥에 간 사람들이 있었다. 여동생 화자와 같이 어린 나이에 가발공장이나 방직공장에서 일하던 누이들이 있었다. 아동노동을 하던 어린 남동생들이 있었다.

한때 나는 제철공장에 다니면서 공장 선배들과 함께 문학회 활동을 한 적이 있다. 성당에서 시 낭송회를 열었더니 회사 쪽에서는 내용이 불량하다면서 나에게 사유서를 쓰고 다른 도시의 공장으로 가라는 전출명령을 내렸다.

그때 공장을 그만두고 학교를 택했다. 교생수업 때도 담당교사가 교실에 들어와 관찰보고를 하였다고 나중에 고백을 받았고, 졸업 후에는 기업에 취직을 했으나 대학 시절에 낸 첫 시집 『대학일기』의 내용이 사회비판적이라는 이유로 해직을 당했다. 회사측 변호사는 법정에 시집을 증거물로 제출하였다.

실제로 개발독재기에 시골동네 동창이나 선후배들이 돈벌이를 위해 어린 나이에 학업을 포기하고 도시 공장으로 몰려갔다. 이런 경험을 한 내가 임화의 시를 만나면서 어느 순간 울컥하였던 것이다.

나는 그의 시 「우리 오빠와 화로」를 졸저 『이야기가 있는 시 창작 수업』에 전문을 넣었고, 지금도 기회가 될 때마다 시를 배우는 사람들에게 소개한다. 우리나라 현대문학사에서 차지하는 이 시의 중요성 때문이다.

임화는 시에 이야기를 담는 우리 시의 전통을 열었다. 그는 서울 중산층 출신으로 본명은 임인식이다. 1908년 가회동에서 태어나 보성고보를 중퇴하고 1929년 동경에 유학하여 공부하다가 1931년 귀국하였다. 그후 카프(KAPF) 중앙위원회 서기장을 역임하였고, 월북하여 1953년 '미제 스파이' 혐의로 사형을 당했다.

그는 비평가, 시인이자 영화배우로도 활동했으며 카프와 조선문학가동맹의 실질적인 조직책임자로 살았던 인물이다. 우리나라 시문학사에서 김소월과 한용운으로 대표되는 여성적 서정과, 김기림이나 정지용으로 대표되는 현대주의적 전통에서 벗어나 남성적인 목소리로 서사성을 바탕으로 한 서사지향의 시라는 조류를 개척하였다는 평가다.

이러한 서사지향의 시는 김동환에서 임화, 이용악, 백석, 신동엽, 신경림 등으로 맥이 이어진다. 나는 서사지향의 시를 쓴 신경림 시인의 시 창작법을 주제로 박사학위논문을 썼다. 나의 시에 서사가 많은 것도 문학청년기에 임화에게서 받은 영향 때문일 것이다.

나는 어떻게 쓰는가

제철공장에 다니던 나는 글을 써야겠다고 뒤늦게 국문과에 입학했다. 순전히 막막한 장래와 현실에서 도피해보려는 것이었다.

시 공부를 하면서 등단 전에는 내가 평생 글을 쓸 수 있는 문에 들어갈 수는 있을까를 고민했다. 그런데 등단을 하고 나서는 관성으로 글을 써오고 있는 것 같은 생각이 문득문득 들어서 놀란다. 그럼에도 시는 내 인생의 좋은 의지처이고 피난처이다.

등단 30년. 짧은 세월은 아니다. 그간 낸 시집이 여섯 권이다. 그러나 한 손에 잡히는 분량이다.

내가 쓴 많은 시편들에서 미숙한 표현과 치기가 느껴진다. 과장과 허위와 졸렬한 사유로 치장한 가짜투성이 내용들이 눈에 들어와 낯이 뜨겁다. 시 공부를 더 하고, 절차탁마를 하고, 여러 사람에게 미리 보이며 퇴고를 해야 했었는데 그러지 못한 것이 후회스럽다.

재주가 둔하지만 오랫동안 시를 쓰고 몇 권의 시집을 내다 보니, 다른 사람들 앞에서 시를 이야기할 기회가 자주 생겼다. 그러다보니 나름대로 나의 창작 방법이 정립되었고, 정리된 나만의 방법을 이야기하게 되었다.

시 창작 방법 안에는 시를 대하는 태도와 정신이 들어 있다. 시를 왜 쓰는가? 이 물음에 대한 답이 거기에 들어 있다. 아무튼 나름대로 정리한 나의 시 창작 방법은 다음과 같다.

첫째는 경험을 옮기는 것이다.

글 자체가 자신의 경험을 기록하는 것이다. 그래서 글이라는 것은 자기 경험 세계를 벗어나지 못한다. 그 사람의 상상도 경험의 연장일 뿐이다. 경험에서 상상이 싹트고 자라나 거대한 나무가 되는 것이다. 경험이 없으면 상상이 불가능하다. 그러니 상상으로만 시를 쓰려고 하면 시를 위한 시가 된다. 당연히 독자들도 상상을 따라가지 못해 공감하기가 어려울 것이다. 어려운 시들을 보면 대부분 시를 위한 시를 써서 그렇다. 시에 자신의 경험을 기록하지 않는다면, 공상만 늘어 놓는다면 얼마나 헛된 일일까.

둘째는 이야기를 꾸며내는 것이다.

경험을 옮기는 것만으로 시를 쓰겠다는 것은 일생에 시 몇 편만 쓰고 말겠다는 것이다. 사람의 경험은 한계가 있기 때문이다. 지금까지 살아오면서 극적이고 특별한 경험을 얼마나 했을까? 이를테면 자신의 연애경험만 생각해봐도 연애를 제대로 한 적이나 있었을까? 그렇다고 연애시를 많이 쓰고 잘 쓰는 시인은 연애를 그만큼 해봐서일까? 그럴 수도 있겠지만 경험보다 더 중요한 것은 이야기를 만들어가는 능력이다. 직접 연애를 했거나 남의 이야기를 들었거나 다른 글에서 읽은 내용을 이야기로 꾸며내는 것이다. 그래서 글쓰기 능력은 결국 이야기를 만들어가는 능력이다. 직간접 경험을 상상력으로 재구성하는 능력이다.

셋째는 거짓 없는 마음을 쓰는 것이다.

그간 쓴 시를 다시 읽어보면 거짓된 마음으로 쓴 것이 가장 후회스럽다. 남에게 자랑하려고, 튀어보려고 애쓰다보니 시에 진솔한 마음을 담는 것을 잊어버리게 된 것이다. 내 시를 읽고 다른 사람이 어떻게 생각할까 눈치를 보면서 시를 쓰다보니 자기검열이 심해지고, 그게 습관이 되어 거짓 표현을 일삼게 된 것이다. 거짓말에 공감할 독자는 없을 것이다. 그러나 독자보다 중요한 것은 자기 자신이다. 문장에 거짓말을 써서 무슨 이득이 있겠는가. 결국은 시간을, 인생을 낭비할 뿐이다. 그러나 반대로 거짓 없는, 진실한 마음을 표현하기는 너무 어렵고 불편하다. 눈앞에 있는 사람이나 정치권력이 싫으면 싫다고 해야 하니까, 거짓 없는 마음을 표현해야 하는 시 쓰기는 두려운 작업이다. 내 시는 이 부분에서 가장 자신이 없고 실패를 하는 것 같다.

넷째는 스승이나 선배에게 배우는 것이다.

문학은 제도이다. 시도 마찬가지다. 제도는 무조건 스승이나 선배에게 배워야 한다. 스승이나 선배에게 배우지 않으면 외도하기 쉽다. 물론 스승이나 선배는 고전이나 만나본 적 없는 동시대의 선후배 시인 모두를 포함한다. 이 선배들의 시를 읽는 것이 공부이며, 공부 없이 좋은 시를 쓰겠다는 것은 어불성설이고 불가능한 일이다. 대학이나 대학원에 입학하여 가방끈을 길게 하는 것이 공부가 아니고, 자기 마음에

드는 시를 많이 공부하여 시가 무엇인지를 깨닫는 것이 공부인 것이다. 모든 분야에서 크게 성공한 사람은 모두 그 분야에 대한 공부의 달인이었을 것이다.

다섯째는 재미있게 쓰는 것이다.

문장은 재미가 있어야 한다. 아마도 모든 고전은 재미 덕분에 살아남았을 것이다. 재미없는 시를 누가 읽겠는가. 재미없는 시에 누가 관심을 가질 것이며 누가 그것을 간직하겠는가. 시가 사람들에게서 멀어진 것은 시가 재미를 잃어버렸기 때문일 것이다. 시인들은 시가 죽고 문학이 죽었다고 말한다. 시집은 더이상 팔리지 않는다고 시장에 대해 불만을 터트린다. 문학이 죽고 시가 죽은 게 아니라 문인이 죽고 시인이 죽은 것이다. 사람이 호흡을 못하면 죽는데, 시가 독자와 호흡을 함께하지 못하니 죽는 것도 당연하다.

여섯째는 현재의 문제를 쓰는 것이다.

실제로 나는, 그리고 대부분의 사람들은 과거나 미래에 큰 관심을 갖지 않는다. 현재 감각되는 것, 현재 밥 먹고 사랑하고 노는 것이 중요하다. 현재만이 절실하다. 과거와 미래는 추상이고 관념일 뿐이다. 현재만이 실제이고 구체일 뿐이다.

그래서 현재 감각되는 사물과 사건을 쓰는 것이 중요하다. 물론 과거를 돌아보고 쓰는 방식도 여전히 현재 기준이다.

일곱째는 쉽게 쓰는 것이다.

문장은 사회적 약속이다. 소통을 전제로 한다. 그런데 시들이 대체로 어렵다. 물론 요즘 시들만이 아니고 어려워서 사라진 많은 시들이 있다. 시가 소통이 안 되는 것은 표현의 미숙함 때문이 아닐까. 시는 제도이므로 시의 전통양식에 맞아야 하고, 전통양식을 현재화하여 재창조해야 한다는 것을 잊어서도 안 되지만, 문장이 언어의 고유 기능인 전달을 목적으로 한다는 것을 잊어서도 안 된다. 시가 어려운 것은 시를 쓰는 시인의 문제이고, 표현 미숙의 문제다. 나는 무조건 쉽게 쓰기를 지향한다.

아무튼 나는 이런 식으로 시를 쓴다. 시를 쓰는 일은 내 존재를 확인해가는 여러 가지 방식 가운데 하나인 것 같다.

양생의 시학

1.

예술은 무엇인가? 문학은 무엇인가? 시는 무엇인가? 이렇게 물어오면 쉽게 답을 할 수 없다. 그러나 누가 나에게 '왜 시를 쓰느냐?'라고 묻는다면, 아마도 나는 잘 살기 위해, 좋은 삶을 위해, 나를 살리기 위해 시를 쓴다고 할 수밖에 없다. 이는 한마디로 양생(養生)을 위한 시 쓰기인데, 몸을 건강하게 하여 오래 살기를 꾀한다는 국어사전의 의미를 나름대로 확장한 것이다.

오래전 인사동에서 차를 우려내는 중국산 자사호(紫沙壺)를 구입하여 지금도 사용하는데, 몸통에 초서로 양신(養神)이라는 글자가 음각되어 있다. 다른 사람이 오래 사용하여 주둥이에 금이 간 흔적이 있지만, 안정된 자태와 묵직한 색감, 획이 날렵한 음각의 칼끝 맛에 끌려 산 것이다. 정신을 기른다는 양신은 양생과 같은 말이다.

나의 미천한 시력을 돌아보니 결국은 양생을 위한 시 쓰기였다. 무릇 시뿐이겠는가. 모든 예술 활동이 양생을 위한 것이 아니겠는가. 시가 사람의 삶에 재미와 감동과 이익을 주지 않았다면 지금까지 수천 년 동안 생명력을 유지해오지 못했을 것이다. 몸과 마음에 이익이 되지 않고 즐겁지 않으면 굳이 시를 읽거나 쓰고 편집할 이유가 없을 것이다.

지금까지 시를 배우고 시와 함께 살아오면서 얻은 양생의 시학은 나의 할아버지인 공자의 언행을 기록한 『논어』에 고스란히 담겨 있다. 이 책의 주인공인 공자는 시에 대한 식견이 상당해서 『시경』을 편찬하여 제자들을 가르친 것이니, 『시경』 또한 공자의 시학관이 반영된 책인 것이다.

2.

양생을 위한 시 쓰기는 무엇보다 거짓 없는 마음이 담긴 시 쓰기여야 하지 않을까 생각한다. 인문주의 학문전통을 확립한 공자는 시를 한마디로 '사무사(思無邪)'라고 하였다. 시를 생각함에 간사함이 없고, 어긋나지 않으며, 치우침이 없다는 말일 것이다. 다시 말해서 시에는 거짓 없는 마음이 담겨야 한다는 것이다.

이것은 공자가 고대로부터 내려오는 시를 선별하여 『시경』을 편찬할 때 삼은 기준이었을 것이다. 당연히 시를 창작할 때도 거짓이 없어야 한다는 말이고, 시를 읽을 때도 거짓이 없어야 한다는 말이다. 그러나 요즘 세상에 시를 읽고 쓰고 편집하는 데 거짓 없는 마음으로 하는 사람이 얼마나 될까?

유행을 따라 쓰거나 겉멋 부리기, 문예잡지 중심의 치켜세우기, 자기 사람에게 문학상을 챙겨주는 것도 사무사에 어긋나는 일일 것이다. 권력에 아부하는 어용적 시 쓰기는 말할 것도 없다. 주례사 비평이나 시집 뒤의 해설도 마찬가지다. 나 역시 사무사에 어긋나는 짓을 해왔다.

시에 대한 정직하지 못한 평설 쓰기나, 표현은 그럴듯하지만 진정한 마음과 일치하지 않는 시를 쓰고 발표하는 일이 모두 사무사에 어긋나는 일이다. 내가 지난날 쓴 시들을 남에게 내보이기 부끄러운 것은 시에 거짓 없는 마음이 들어가 있지 않아서일 것이다.

발표하는 잡지의 성향에 시를 맞추거나 심상과 어법을 남의 시에서 빌려오는 표절을 일삼아오지 않았던가. 이렇게 남에게 보이기 위한 수식을 강조하다보니 잉크와 종이만 허비하는 꼴이 된 것이다.

나는 20여 년 전 회사에서 쫓겨나 해고무효소송이라는 송사를 겪은 적이 있다. 사용자측 변호사들이 해고의 정당성을 입증하기 위해 나의 첫 시집 『대학일기』와 『마른 잎 다시 살아나』를 법정에 제출하는 것을 보고 시의 영향력을 실감하기도 하였다. 이렇게 수난을 당한 시집을 당당히 내세우지 못하는 것은 무엇 때문일까?

진실과 수식의 일치가 없는 시 쓰기, 겉치레의 시 쓰기였다는 것을 내 양심이 잘 알고 있기 때문이다. 시집이 나오자 나는 약간은 뿌듯해하고 들떠 있었지만, 한편으로 내 시의 진정성을 의심하고 후회하고 있었다. 나와 내 시가 겉도는 느낌을 숨길 수 없는 이유는 무엇보다 정직성 문제였다.

첫 시집이 나온 지 2년 만에 두번째 시집 『마른 잎 다시 살아나』를 내놓고는 내 자신에게 더 절망하였다. 선배와 출판업자의 말에 끌려서 시집 출간을 서둘렀던, 사무사하지 못한 태도가 나 자신에게 큰 후회를 안겨준 것이다. 두번째 시집에 대한 후회는 끊임없이 나를 불편하게 따라다니며 양생을 방해하고 있다. 그후로 나는 거짓 없는 마음이 담긴 시를 시의 가장 큰 미덕으로 삼고 있다.

3.

그다음으로 떠오르는 것은 전인적 시 쓰기이다. 공자는 제자들에게 왜 시를 배우지 않느냐고 채근하였다. 그러고는 "시는 마음을 감흥시키고(可以興), 사물을 올바로 볼 수 있게 하며(可以觀), 남과 잘 어울리게 하고(可以群), 원망할 수 있게 하며(可以怨), 가까이는 어버이를 섬기게 하고(邇之事父), 멀리는 임금을 섬기게 하며(遠之事君), 새와 짐승과 풀과 나무의 이름을 많이 알게 한다(多識於鳥獸草木之名)"고 하였다.

이것은 시의 효용에 대한 언급이면서 동시에 전인적 시 쓰기를 해야 한다는 말일 것이다. 나는 세상 물정과 인간관계를 두루두루 잘 아는 사람을 전인적 지식인이라고 본다. 문약서생으로 책상 위에서 시를 위한 시를 쓰는 사람이 어찌 지식인이고 인문적 교양인이라고 할 수 있겠는가. 어찌 그들의 마음에서 개인이나 사회의 양생에 도움이 되는 시가 나오겠는가.

한때 문예지 편집을 맡기도 했던 나는 이런저런 지면에 발표되는 다른 사람의 시들을 찬찬히 뜯어보는 편이다. 그러나 대개는 의미 정보나 미적 정보를 얻을 수 없는 작품들 천지라서 실망스럽게 책을 덮곤 한다. 그리고 지금까지 오랫동안 살아남은 시들을 찾아보며 음미한다.

사람은 조수 초목과 잘 어울려 살 때 양생이 가능하다. 그것이 요즘 강조하는 생태적 삶일 것이다. 그러니 사람과 조수와 초목이 함께 어울리는 화엄의 세계를 이해하고 정직하게 드러내는 것이 좋은 시라고 본다.

세상을 보는 눈이 답답해서는, 세상의 원리를 이해하는 전인적 교양인이 되지 않고서는 올바른 시를 쓸 수 없을 것이다. 그래서 공자는 아들 백어에게 "시를 배우지 않으면 담장을 정면으로 마주하고 서 있는 사람과 같이 답답하여 대화를 할 수 없다"고 하였다. 자신의 아들에게 시를 공부하여 양생의 삶을 살라고 꾸짖은 공자의 마음이 절절하게 다가온다.

양생의 삶은 사람이 사람답게 사는 것이다. 그러려면 시에 사람 사는 이야기가 빠져서는 안 되며, 현실 사회 정세와 담을 쌓고 있어서도 안 될 것이다. 현실의 정세는 현실 정치, 경제, 문화 등의 총합이다. 그런데 정세를 판단하는 식견은 학벌이나 학력과 상관이 없다.

세상의 물정이나 조수와 초목을 잘 아는 사람이 전인적 지식인일 것이다. 전인적 지식인의 태도로 시를 쓰거나 읽거나 편집하는 능력을 지닌다면 시의 반만 가지고도 천하를 파악

할 수 있을 것이다.

나의 세번째 시집은 『지독한 불륜』인데, 이는 자본과 권력 간에 벌이는 불륜에 비유한 것이다. 결국 자본과 권력의 지독한 불륜을 시집으로 경고한 지 1년 만에 우리나라는 파산하여 민중이 절망적인 상황에 처했었는데, 그것이 바로 1997년 말 국제통화기금(IMF) 구제금융 사태이다. 그리고 그 여파로 절망한 가장들의 삶을 네번째 시집 『소주병』에 담으려고 하였다.

2008년 말에는 미국에서 발생한 금융위기로 세계가 휘청거렸다. 미국에 대한 경제, 사회, 문화적 종속이 심한 한국은 말할 것도 없이 파산 직전이었다. 인간의 과욕과 극도의 경쟁이 낳은 신자유주의의 파탄으로 민중의 삶은 여전히 바닥을 헤매고 있다. 이러한 정세를 직시하고, 거기에 휘둘리는 인간의 이야기를 시로 써내는 것이야말로 나와 남을 살리는 양생의 시 쓰기가 아니겠는가.

4.

인생의 최대 문제는 먹는 것과 사랑하는 것이다. 인간의 모든 행위는 이 두 가지로 귀결된다. 그리고 모든 선악의 문제는 이 두 가지에서 파생된다. 따지고 보면 정치, 전쟁, 학교, 혼인, 사찰과 교회 등이 모두 이 두 가지와 관련되어 있다. 이 두 가지를 잘하고 사는 것이 양생의 삶이 아니겠는가.

밥 한 숟가락을 푹 떠서 입에 넣기 전에 밥숟가락을 한번 쳐다보자. 한 숟가락의 밥은 얼마나 정치적인가. 그 쌀값의 단위가 어디에서 결정되는가. 농민들은 왜 벼를 불태우고, 소를 끌고 여의도로 진격하고, 할복을 하는가.

시인이 사회정치적 호흡을 해야 하는 이유가 여기에 있다. 현실에서 출발하여 다양한 상상력을 통해, 사회정치적 폭력이 난무하는 시장 중심의 사회에서 꿈을 상실해가는 인간에게 자신의 삶과 집단의 삶을 재조정하며 희망을 품도록 부추겨야 한다.

공자는 '시 삼백 편을 외우더라도 정치를 맡겼을 때 제대로 해내지 못하고(詩 三百 授之以政 不達), 사방에 사신으로 나가서 혼자 대처하지 못하면 비록 많이 배운다고 해도 소용이 없다(使於四方 不能專對 雖多 亦奚以爲)'고 하였다. 시의 실용성, 시와 사회정치의 긴밀성, 책상물림의 헛똑똑이를 경계한 것이다.

많은 시인들이 젊으나 늙으나 정치에 대한 몰이해와 편견, 무관심으로 사회정치적 상상력을 백안시한다. 왜 시인들은 자신과 집단의 삶의 조건을 결정짓는 사회현실과 호흡하지 않는지 갑갑할 뿐이다. 이것은 정신보다 문자에만 매달리는 태만한 작가정신에서 오는 것이 아니겠는가.

물론 모든 시인이 지식인이나 지성인은 아니다. 시는 약간의 감성과 상상과 기억과 글쓰기의 기본을 익히면 누구나 쓸 수 있다. 그리고 모든 시인이 중요하며, 동시에 모든 시인이 중요하지 않다. 시인이 사회의 다른 직업군보다 더 책임 있는 역할을 해야 하는 것도 아니다. 그러나 훌륭한 시는 사회 정치적 상상력으로 현실과의 호흡을 유발하는 시들이 아니겠는가 하는 생각이다.

구체적 생활이나 전망이 없는 관념과 말놀이만 무성한 시는 감동을 유발하지 못한다. 물론 허구의 가능성을 인정하지 말자는 것은 아니다. 시는 개인과 사회에 적절한 꿈과 희망의 언어를 불어넣고 실현되도록 충동질해야 한다. 그러기 위해서 시인은 정치와 시, 시와 사회 사이의 벽을 상상력으로 넘어서 사회정치적 상상력과 문학성, 시성이 조화되는 형상화작업을 해야 하는 것이다.

누구나 시 쓰기와 시 읽기를 통해 현실에서 도피할 수도 있고 삶의 위안을 받을 수도 있을 것이다. 그러나 현실에서 도피하고 위안만 받아서는 근본적으로 행복해질 수 없을 것이다. 그렇다고 시인 모두가 정치시, 사회시를 써야 한다는 말은 아니다.

사회현실과의 호흡을 통해 현재 인간의 삶의 조건을 건실하게 할 수 있는 균형 있는 상상력을 시에 발휘해보자. 적어도 사회의 책임 있는 세대로서 시를 쓰거나 시 공부를 하면서 사회, 역사, 정치의식의 지진아라는 조롱은 받지 말자.

5.

양생의 삶을 산다는 것은 무엇일까. 즐겁게, 재미있게 산다는 말이 아닐까. 오래전에 혼자되어 아흔이 넘어서 돌아가신 할머니가 했던 말씀이 간혹 떠오른다. 오랜만에 고향을 찾은 나를 따라다니면서 항상 "사는 게 재미가 없어, 재미가 없어" 하셨다. 식구들이 자기 일로 바빠 노인과 얘기 상대를 해주지 않으니, 놀거리를 스스로 찾지 못했던 할머니는 항상 사는 게 재미가 없다며 한탄하다 돌아가신 것이다.

지금도 친구들에게 전화를 해서 '어떻게 사느냐'고 물어보라. 그러면 '재미가 없다'거나 '재미가 있다'는 대답이 돌아올 것이다. 장사하는 친구에게 '재미가 있느냐'고 물으면, 일이 잘 풀리는 친구는 '그렇다'고 대답한다.

시도 마찬가지가 아니겠는가. 공자는 '아는 자는 좋아하는 자만 못하고(知之者 不如好之者), 좋아하는 자는 즐거워하는 자만 못하다(好之者 不如樂之者)'고 하였다. 시에 대하여 알고만 있는 사람은 시를 좋아하는 사람만 못하고, 시를 좋아하는 사람은 그것을 즐기는 사람만 못할 것이다.

그러니 시를 쓰는 것도 재미가 있고 읽는 것도 재미가 있어야 한다. 그런데 요즘에는 어디 그런가. 숱하게 쏟아져 나오는 문예지와 시집과 시들 가운데 재미를 주는 것이 얼마나 될까. 즐기기 위해서 시를 쓰고 읽고 편집하는 경우가 얼마나 될까. 모두 임무나 업무로 시를 대하지 않는가? 그러면서 독자가 없고 문학이 죽었다고 아우성들이다.

나는 현대시의 지루하고 난해한 방법적 관성을 파열시켜, 시가 좀더 재미있게 독자의 관심을 끌 수 있도록 하는 '독자 꾀기 전략으로서의 재미시론'을 제안한 적이 있다. 이것은 문학의 유희정신을 되살려보자는 것이지만, 한편으로는 시의 위기론에 대한 해법적 제안이기도 하였다.

문학에서 재미는 어제와 오늘의 문제가 아니다. 재미의 전통은 이미 우리의 구비문학이나 연희문학에서는 물론이고 민요와 한시, 선시, 시조 등 전통시가와 현대시에서도 숱하게 발견된다. 또 재미를 획득한 작품은 그렇지 않은 작품에 비하여 독자의 관심 속에 살아남아 후대에 전승될 가능성이 더 많을 것이다.

그렇다면 시에서 재미를 유발하는 목록들은 무엇일까? 단순한 말놀이에서 시작하여 부조리와 왜곡, 악의나 질투, 위선 떨기, 외설과 욕설 등 헤아릴 수 없이 많을 것이다. 이런 희언과 풍자, 우화, 농담, 과장과 축소 등을 통하여 정직한 마음을 절실하게 드러내는 것이다.

그러나 재미를 주는 것은 이것뿐이 아니다. 시는 또다른 쾌감을 주어야 한다. 어떤 고정된 법칙, 이를테면 재미를 주는 법칙조차 그대로 따라 하는 것은 매일 출근해야 하는 노동자처럼 지겨울 것이다. 시의 내용을 도덕이나 종교, 철학, 이념에 종속시키는 것은 사장에게 전신을 조아려야 하는 종업원처럼 즐겁지 않을 것이다.

그러니 시인은 아무에게도 구속되지 않은 자유로운 상상력을 발휘하여 아름다운 형식을 만들고, 이를 독자에게 감성으로 던져주어야 한다. 그럴 경우에만 시를 만드는 창작자 자신과 그 아름다운 형식을 받아먹는 독자가 시의 즐거움을 맛볼 것이다.

재미의 전략은 시 쓰기에서 재미를 의식하고, 당대 시들에서 보이는 상투적 표현과 내용들로부터 전략적으로 도망치는 방법이기도 하다. 당대의 지루한 내용형식과 표현형식에 대한 전복이기도 하다. 그러니 주의할 것은 재미를 강조한다면서 시의 본질을 약화시켜서는 안 된다는 것이다.

그렇다면 시의 본질은 무엇일까? 시인의 사유와 감성, 표현을 조화시키고 독자에게 감각적 쾌감을 선사하여 양생의 삶을 살게 하는 것이 아니겠는가.

6.

양생의 시학을 구축하기 위해서는 어떻게 공부해야 할까? 서양에서는 문학을 공부하려면 아리스토텔레스의 『시학』을 읽고 『성서』를 읽어야 한다고 한다. 그런데 동양에 사는 우리의 문학 공부도 대학에 들어가면 아리스토텔레스부터 시작하는 나쁜 관행이 있다. 신문학 초기에 서양 것을 공부한 사람들이 우리 강단을 장악하여 문학을 가르치면서 그렇게 된 것이라고 본다.

나는 이러한 방법을 참으로 이상한, 주체성이 없는 공부라고 생각한다. 그래서 나는 후배들에게 동양의 제일서인 『논어』의 시학을 먼저 배울 것을 강조한다. 그리고 민족 제일서인 『삼국유사』와 민족의 문호들인 이규보, 정약용의 시와 시론들을 중심으로 볼 것을 제안한다.

물론 서양 것을 무시하는 것은 올바른 공부 방법이 아닐 것이다. 서구문학이 한국문학의 지평을 넓히는 데 큰 도움이 된 것은 사실이다. 서양의 것도 열심히 공부할 필요가 있다. 그러나 자신의 정체성이 담긴 동양과 동양 속의 우리의 것을 잘 알고 나서 서양의 것을 소화해나가는 것이 순서라고 본다.

그동안 30년 가까이 서양 문학이론을 중심으로 시를 배우고 학위 논문도 썼지만 아직까지 정확하게 이해가 되는 개념어가 많지 않은 게 사실이다. 이것은 내가 공부를 열심히 안 한 탓도 있겠지만 서양 이론들이 어쩐지 몸에 잘 안 맞아서 그렇다는 생각을 많이 해왔다.

나의 선생님들도 내용을 잘 모른 채 서양 이론으로 시를 가르치고, 나도 잘못 배워서 이곳저곳에 헛소리를 쓰거나 헛말이나 하며 돌아다니니 후배들도 깊은 울림으로 받아들일 리가 없을 것이다. 그래서 나는 동양의 시학을 먼저 공부하고 서양의 것을 공부할 것을 강조한다. 동양의 시학에 자신의 시학을 확고히 묶어놓고 서양 이론을 공부할 것을 제안하는 것이다.

그러면 양생의 시 쓰기를 위한 자신의 문학관을 확고히 묶어놓을 만한 동양의 책은 무엇인가? 물어보나마나 동양정신의 원류이자 동양시학의 원전인 『논어』가 아니겠는가.

프랑스문학을 전공한 국내 학자가 공자를 개혁적이고 진

보적 인물로 평가한 글을 본 적이 있다. 공자의 철학이야말로 개혁적이고 진보적이라는 것이다. 또 소극적이지 않고 적극적이며, 도피적이지 않고 참여적이며, 병적이지 않고 건강한 사상을 가지고 있다는 것이다. 그리고 합리주의자였고 인본주의자였으며 이성주의자였고 현실주의자였으며, 어떤 면으로 보면 포스트모던한 사상가라고까지 말한 것을 기억한다.

『논어』는 유교의 핵심 교본이자 사회, 정치, 경제, 심리 등의 학문서이며 윤리 교과서이다. 그러면서 훌륭한 문학 교과서이다. 이 고전으로 여러 시인들, 그리고 시를 공부하고 있는 사람들이 나름대로 양생의 시학을 정립해보면 어떨까.

유현의 미학

마침 이 글을 쓰고 있는데 창밖에 폭설이 내린다. 이미 남쪽 지방은 폭설로 피해가 크다는 소식이다. 얼마 전에 출간한 시집 『말똥 한 덩이』의 첫 시 「폭설」을 소개해야겠다. 어느 해 겨울이 끝나갈 무렵에 쓴 시이다.

사실은 그날 습설이 내렸다. 습설(濕雪)은 기온이 낮을 때 내리는 눈으로, 습기가 많은 축축한 눈이다. 직장 동료들과 어울려 저녁을 먹고 무교동 술집에서 놀다가 밤늦게 귀가하던 날이었다. 어찌된 술 문화인지 대개 저녁을 먹고도 술집을 이삼차 가는 것이 다반사인 때였다.

술집과 노래방을 거친
늦은 귀갓길

나는 불경하게도
이웃집 여자가 보고 싶다

그래도 이런 나를
하느님은 사랑하시는지

내 발자국을 따라오시며
자꾸자꾸 폭설로 지워주신다

　　─졸시 「폭설」 전문

  일산 백석역이나 마두역이나 집까지는 거리가 비슷한데, 마두역에서 내리면 횡단보도와 오르내리는 다리가 두 개나 있어서 귀찮다. 그래서 주로 평평한 인도를 이용할 수 있는 백석역에서 내린다. 대신에 마두역 가는 길은 잘 조성된 공원을 지나는 즐거움을 맛볼 수 있어 봄이나 가을에 가끔 구경삼아 다닌다.

그런데 이날은 마지막 전철로 귀가하다가 깜박 조는 바람에 백석역에서 내리지 못하고 한 정거장을 지나 마두역에서 내렸다.

밤늦게 귀가를 하는데 공원에 습설이 하얗게 내려 쌓이고, 발자국을 남기며 집을 향해 걸어가는 내 머리 위에도 습설이 쌓였다. 늘 이렇게 살면 안 된다는 생각이 들곤 했지만, 이날 따라 특히 이렇게 살면 안 된다는 생각이 들었다.

아마 신년 초여서 더욱 그랬으리라. 좋아하지도 않는 술자리에서 없는 사람 뒷담화로 시간을 보내고 노래방에 몰려가서 마시며 놀다가 늦게 귀가하기 일쑤였다. 이런 나는 스스로 불경한 삶을 살고 있다는 생각이 들었다.

혼자만의 시간 속에서 글을 읽거나 쓸 일이 많은데, 직장 내 왕따가 두려워서 동료들과 이 술집 저 술집으로 몰려다니며 저녁시간을 보내는 것이 잘 사는 삶은 아니지 않는가.

독자들은 '이웃집 여자'가 궁금할 것이다. 그리고 만나는 사람마다 물어본다. 궁금해하려면 궁금해하라. 시집 뒤에 붙은 나의 시론 「양생의 시학」에 답이 있으니.

그런데 시집을 내고 보니 이미 같은 제목의 시가 이전 시집에 들어 있어서 작품을 좀 세심하게 관리하지 못한 후회가 들기도 한다. 이전의 시는 겨울에 남산에 가서 쓴 시다.

다동에 있는 사무실이 남산과 가까워서, 어느 해인가는 점심시간마다 운동 삼아서 남산 정상까지 뛰어갔다가 돌아오기를 한동안 했다.

위에 인용한 시와 짝을 이루는 시가 시집의 중간쯤에 실린 「제부도에서」이다. 전문은 다음과 같다.

모래톱으로 바다를 온종일 톱질하는
바닷가 목수의 아이가 되고 싶다

갈매기처럼 도요새처럼 까불까불 놀면서
톱밥을 헤쳐 먹이를 줍고 싶다

아침 바다에서 건진 해를 가지고
온종일 공놀이하다 지친 저녁이면

노을로 짠 빨간색 이불을 덮고
말똥말똥 이웃집 여자아이를 생각하고 싶다.

—졸시 「제부도에서」 전문

어느 해 여름에 직장 동료들과 제부도에 가서 얻은 발상이다. 이건 순전히 우연이다. 앞의 시에서는 "이웃집 여자가 보고 싶다"이고, 이 시에서는 "이웃집 여자아이를 생각하고 싶다"이다.

어린 화자로 버전을 다운시킨 것이다. 앞의 경우는 어른의 '불경한 삶'(?)을 강조하기 위한 것이고, 뒤의 경우는 어린아이의 천진함을 강조하기 위한 것이다.

앞의 것이든 뒤의 것이든, 실제 경험이든 아니든, 모두 시를 만들어가면서 문장에 전략적으로 들여온 어휘이다. 그러니 전략적 거짓말인 것이다. 이 전략적 거짓말은 시에서 얼마든지 가능하다. 그리고 시인이 치밀하게 전략적 거짓말을 문장 속에 감추었을 때 독자를 속여넘기는 즐거움을 맛볼 수 있다.

이번 시집의 편집자는 시집 체제를 도시의 삶, 도시와 고향의 경계적 삶, 고향의 기억 순으로 엮으면 좋겠다고 제안하였다. 나는 동의했다. 그래서 고향 제재의 시들은 모두 뒤쪽에 배치되어 있다.

이전 시집과 마찬가지로 시집 『말똥 한 덩이』에도 고향 이야기가 많이 나온다. 특히 어머니에 대한 이야기가 많다. 시집을 준비하는 동안 어머니가 암 투병을 하다가 돌아가셨기 때문이다. 어머니의 투병과 죽음은 사람의 일생에서 아주 특별한 경험일 것이다.

시집의 가장 마지막 시 「모과꽃잎 화문석」을 소개해야겠다.

대밭 그림자가 비질하는
깨끗한 마당에
바람이 연분홍 모과꽃잎 화문석을 짜고 있다

가는귀가 먹은 친구 홀어머니가 쑥차를 내오는데
손톱에 다정이 쑥물 들어
마음도 화문석이다

당산나무 가지를 두드려대는 딱따구리 소리와
꾀꼬리 휘파람 소리가
화문석 위에서 놀고 있다.

—졸시 「모과꽃잎 화문석」 전문

지금은 빈집으로 남아 있는 고향집에 다니러 갔다가 같은 동네에서 중학교까지 같이 다닌 친구 기호 어머니에게 인사드리러 가서 얻은 시이다.

친구 어머니는 흙 마당을 깨끗하게 쓸어놓고 사셨다. 그런데 연분홍 모과꽃잎이 깨끗한 마당에 떨어져 바람에 건들거리는 게 아닌가. 마당가에는 수돗물이 있고 고무다라이에는 물을 받아놓았는데, 그 맑은 물 위에도 모과꽃잎이 떠다녔다.

이것이야말로 자연이 짜는 화문석이 아니겠는가. 시인이 이런 먹잇감을 놓칠 리 없다. 가는귀가 먹어 여러 번 큰소리로 말해야 알아듣는 친구 어머니는 여러 가지 과실주와 차를 만들어놓았는데, 그 가운데 쑥차를 내오셨다. 도시에 사는 자식들이 내려오면 보따리에 싸주거나 자식들을 만나러 도시에 갈 때 싸가지고 갈 것들이었다.

이런 차를 얻어 마시는 마음 역시 화문석이 아니겠는가. 게다가 오래된 굴참나무가 서 있는 동네 뒤 당산에서는 마침 딱따구리가 나무를 파는 소리가 들리고, 앞산 상수리나무 숲에서는 꾀꼬리가 노래를 하였다.

시집을 내고서 성남 봉국사 효림 스님에게 연락을 드렸더니, 축하하는 밥을 살 테니 당장 성남으로 내려오라고 하셨다. 인연이 된 서울과 분당, 용인의 몇몇 문인에게 연락을 하고 전철로 경원대역까지 갔다.

역에 차를 가지고 나온 스님은 내가 차에 오르자마자 백자 접시 한 점을 내미셨다. 시집 발간 기념으로 주는 거란다. 스님은 그즈음 도자기를 심심풀이로 빚기 시작했다고 했다.

접시 바닥에 '유현(幽玄)'이라는 글이 파란색으로 쓰여 있었다. 유현이라. '유현'이 무슨 뜻인지 헤아려봐도 뜻이 확실하게 잡히지 않아 헤어질 때쯤에야 물어보았다. 그러자 스님은 '공선생의 시가 유현하다'고 하셨다.

스님답게 시에 대하여 이렇다저렇다 하지 않고 구체적 실물로 보이신 것이다. 시란 이런 것이 아니겠는가 하는 생각이 들었다. 시는 설명하는 것이 아니라 구체적 사물을 들어 보이는 것이다.

집에 돌아오면서 내 시가 과연 유현한지 깊이 생각하였다. '유(幽)'는 미묘하고 심원하고 깊고 조용하다는 뜻이다. '현(玄)'은 오묘하고 미묘하며 고요하다는 뜻이다. 그래서 유현은 도리가 깊어서 알기 어려운 것을 뜻하기도 하고 이치나 우아함이 썩 깊은 것을 뜻하기도 한다.

그러니 시가 유현하다는 것은, 시의 의미가 깊고 표현이 그윽하다는 말이겠다. 내 시가 과연 그럴까?

고전과 당대의
글을 읽고 써라

　모든 글쓰기는 고전과 선배를 흉내내는 것에서 시작된다. 중국의 옛 책『문심조룡』에는 "고대의 모범을 참조하여 창작 방법을 정립한다"는 말이 있다.

　글쓰기 초기에는 대부분 모방을 하고, 이력이 붙으면 자기만의 색깔을 갖추어가면서 점점 자기만의 독창적 생각과 표현을 하게 된다. 그런 다음에도 글의 질적 성장과 비약을 꾀하기 위해서는 고전과 선배의 글을 계속 공부해야 한다.

　고전을 열심히 공부하지 않고 동시대의 좋은 글을 읽지 않으면서도 글을 잘 쓰겠다는 것은 오산이다. 당장 실력이 느는 것 같지 않더라도 매일 잠깐씩이라도 규칙적으로 끊임없이 고전과 선배를 공부해야 한다. 이러한 흐름을 유지하는 것이 몰입이고, 그래야 글쓰기에 성공을 할 수 있다.

옛날 글을 열심히 읽었던 공자는 '술이부작(述而不作)'이라고 하여, 자신의 글은 고전과 선배가 이루어놓은 것을 진술한 것이지 창작한 것이 아니라고 하였다. 공자는 또 '온고지신'을 강조하였다. 옛것을 따뜻하게 품어서 새로운 것을 창조한다는 것이다.

추사 김정희는 "가슴속에 만 권의 책이 들어 있어야 그것이 흘러넘쳐서 그림과 글씨가 된다"고 하였다. 바로 '서권기 문자향(書卷氣 文字香)'인 것이다. 책을 많이 읽고 교양을 쌓으면 몸에서 책의 기운이 풍기고 문자의 향기가 난다는 뜻이다.

그 사람의 글은 그 사람의 독서 경향과 연결된다. 윤동주는 백석 시집 『사슴』을 베껴 쓰면서 공부했고, 그의 「서시」에는 『맹자』를 배워서 쓴 흔적이 뚜렷이 나타난다. 부끄러움의 미학도 맹자에서 나왔다. 김수영의 「풀」은 『논어』를 열심히 읽어서 쓴 것이다. 신경림의 시에도 백석의 시를 열심히 공부한 흔적이 나타난다. 나는 정지용의 시를 열심히 필사하며 공부하였다.

겨울 아침에 소리 없이 쌓인 마당의 흰 눈을 본 적이 있을 것이다. 어느 글에서 흰 눈과 지식은 모르는 사이에 쌓인다고 읽었다. 아래 작품은 독일의 시인 브레히트의 시를 공부하여 얻은 것이다.

아내를 들어 올리는데
마른 풀단처럼 가볍다

수컷인 내가
여기저기 사냥터로 끌고 다녔고
새끼 두 마리가 몸을 찢고 나와
꿰맨 적이 있다

먹이를 구하다가 지치고 병든
컹컹 우는 암사자를 업고
병원으로 뛰는데

누가 속을 파먹었는지
헌 가죽부대처럼 가볍다.

―졸시 「아내」 전문

여성이 가장 힘든 시기는 아마도 출산과 육아기일 것이다. 시 「아내」는 육아기의 아내가 실제로 아파서 병원에 갈 때의 체험을 시로 형상화한 것이다. 부부를 사자에, 밥을 벌어먹고 살아야 하는 경쟁 현실을 밀림에 비유한 시이다.

그러나 브레히트가 1920년에 쓴 「나의 어머니」라는 시를 읽지 않았다면 이 시를 생각해내지 못했을 것이다.

그녀가 죽었을 때, 사람들은 그녀를 땅속에 묻었다./ 꽃이 자라고 나비가 그 위로 날아갔다./ 체중이 가벼운 그녀는 땅을 거의 누르지도 않았다./ 그녀가 이처럼 가볍게 되기까지, 얼마나 많은 고통을 겪었을까!

짧은 이 시의 '가볍다'나 '고통'이라는 어휘가 아픈 아내의 야윈 몸과 고통스러워하는 상황을 만나면서 시를 만들게 된 것이다. '가죽부대'라는 말 역시 헌책방에서 구한 『우리말 팔만대장경』을 뒤적이다가 만난 어휘다. 아마 황지우의 어느 시에도 몸을 가죽부대에 비유한 대목이 있었던 것을 기억하는데, 그의 시에도 불경을 읽은 흔적이 여기저기 나타난다.

고등학교 교재에 실린 졸시 「별국」 역시 김삿갓의 시를 읽어서 쓴 것이다. 여행중 어느 집에서 밥을 얻어먹는데, 가난한 주인이 밥풀이 둥둥 뜨는 묽은 죽을 내오며 미안해하자, 김삿갓이 "나는 밥그릇에 비치는 청산을 좋아한다오"한 데서 얻은 착상이다.

그동안 많은 학자와 문필가가 고전과 당대의 좋은 글을 열심히 읽고 써서 명작을 남겼다. 좋은 글을 쓰고 싶은가? 고전과 당대의 글을 열심히 읽고 쓰자.

제3부

운명

당신이라는
별을 닦다가

1.

나의 여섯번째 시집 『담장을 허물다』의 첫 시는 「별 닦는 나무」이다. 이 시는 은행나무에 대한 오래전부터의 심상을 삽시간에 써서 발표하고, 시집을 묶을 때 수정한 시이다.

처음 제목은 '은행나무'였으나, 평범한 감이 들어 '별 닦는 나무'로 바꿨다. 은행나무를 대상으로 쓰면서, 은행나무가 당신으로 은유되어가는 과정이 미묘하고도 쉽게 풀려 시집의 첫 시로 뽑았다. 이렇게 시가 잘될 때도 있다.

나이가 들어갈수록 밝고 맑고 환한 것이 좋아진다. 현실에 없는 당신도 여전히 그립고 좋아진다. 여전히 잡히지 않는 당신.

은행나무를
별 닦는 나무라고 부르면 안 되나
비와 바람과 햇빛을 쥐고
열심히 별을 닦던 나무

가을이 되면 별가루가 묻어 순금빛 나무

나도 별 닦는 나무가 되고 싶은데
당신이라는 별을
열심히 닦다가 당신에게 순금물이 들어
아름답게 지고 싶은데

이런 나를
별 닦는 나무라고 불러주면 안 되나
당신이란 별에
아름답게 지고 싶은 나를

―졸시 「별 닦는 나무」 전문

2.

그동안 많은 은행나무를 만났다.

덕수궁 말밤나무 옆에 서 있는 은행나무, 카페 바그다드에서 내다보던 경복궁 동십자각 주변의 은행나무, 낙원동 카페하가 창문에 가깝게 가지를 드리우고 있던 은행나무, 누이동생 복숙이가 심은 시골 언덕의 은행나무.

시는 이런 은행나무들을 떠올리면서 쓴 것이다.

수년 전 사무실과 가까운 덕수궁을 거의 매일 점심시간에 혼자 산책을 한 적이 있다. 점심시간에만 시민들에게 덕수궁을 무료로 개방하던 해이다.

덕수궁 후문 가까이에 가면 말밤나무 두 그루가 서 있다. 우리나라에서 가장 오래된 마로니에라는 설명이 붙은 나무이다. 노래방에 가서 〈그 사람 이름은 잊었지만〉을 찾아서 부르다보면 "지금도 마로니에는 피고 있겠지~"라고 나오는 노랫말 속의 나무이다.

'Horse Chestnut'라는 학명을 한국어로 번역하면 '말밤'이 되는데, 굳이 마로니에라고 부를 필요가 있겠는가. 나는 그런 생각이 들어서 「말밤나무 아래서」라는 제목의 시를 쓰기도 했다.

한동안 그 말밤나무 옆에 쪼그려 앉아 말밤나무를 스케치하였다. 물론 말밤나무만 스케치한 것은 아니다. 좀 떨어져 있는 오래된 회화나무와 말채나무도 그렸다.

결국 작은 스케치북 두 권을 채우지 못하고 그만뒀지만, 지금도 스케치북을 펼쳐보면 참 잘한 일 가운데 하나라는 생각이 든다. 그림보다는 한 나무를 일정 기간 집중하여 관찰했다는 것 때문이다.

그 말밤나무 옆에는 가을이면 이파리가 유난히 노란 은행나무가 서 있다. 시간이 지날수록 기억에서 그 은행나무가 환하게 밝아온다. 그 은행나무 아래 오래 앉아서 말밤나무를 바라보았다. 가을이 오면 이런 은행나무의 환한 심상과 오래된 기억이 함께 떠오른다.

어느 가을 별밤에 내가 살고 있는 일산 은행나무 가로수길을 걸어서 귀가하는데, 은행잎이 바람에 팔랑거렸다. 은행잎이 별을 닦고 있다는 생각이 들었다.

저렇게 별을 닦다보면 은행잎에도 별가루가 노랗게 묻겠다는 생각을 한 것이다. 마찬가지로 사람도 저렇게 아름다운 대상을 닦다보면, 몸에 아름다운 물이 들지 않을까 하는 생각이 들었다.

3.

한때 내가 노래방에 가서 가장 먼저 부르고 잘 부르던 노래가 김광석의 〈거리에서〉였다. 노래 실력을 자랑해야겠다고 마음먹으면 이 노래를 쉰 목소리로 불렀다.

쓸쓸한 노래를 부르면 운명이 쓸쓸해진다는 글을 어디선가 읽었지만. 그러나 어쩌랴, 쓸쓸한 것이 내 운명이라면.

이 노래를 부르면 왠지 쓸쓸하여 낙엽이 지고 쇠락해가는 가을 저녁 분위기가 느껴진다. 낙엽은 져서 나뭇가지를 떠나고, 떠나간 사람들이 더욱 생각난다.

노랫말처럼 지나온 모든 시절이 다 꿈결 같다. 그렇다, 인생 전체가 한낮의 꿈이 아니던가. 그리고 떠나간 사랑은 모두 슬픈 추억이지 않은가.

지금은 문을 닫은 '하가'라는 카페가 있었다. 여러 가지 차와 맥주와 양주를 팔던 곳이었다. 인사동에서 낙원동으로 건너가기 전에 좌측으로 꺾으면 2층에 있었다.

김광석의 노래를 자주 틀어주던 그 카페는 열댓 명이 같이 놀기에 좋을 만큼 좁은 곳이었다. 출판기념회나 문학행사를 하고 2차나 3차를 가는 장소였다. 김광석의 노래를 합창하고 어깨동무를 하고 춤추고, 그러다가 길어지면 뽕짝을 부르며 술병이 바닥에 뒹굴 때까지 놀던 곳이었다.

은행나무 가로수가 2층 창문 가까이에 와서 가지를 내밀고 손을 잡아달라고 하는 곳이었다. 그래서 비 오는 어둑한 날에 가면 더 좋은 곳이었다. 나뭇가지와 잎에 떨어지는 빗방울을 가까이서 처연하게 들여다볼 수 있는 곳이었다.

잎을 모두 벗어버린 겨울나무에서 연두색 잎이 나는 봄, 푸른 잎이 무성한 여름과 순금빛 물이 든 가을 잎을 눈앞에서 볼 수 있는 곳이었다. 자연의 순환과 인생의 원리를 가까이서 관찰하고 비유할 수 있는 곳이었다.

아마 이 시가 이 카페에서 시작되었는지는 특별한 기억이 없다. 그러나 이 카페에서 경험한 은행나무에 대한 기억이 시로 들어오지 않았다고 부정할 수도 없다. 시라는 게 한 순간이나 한 장소나 한 사건만으로 만들어지는 게 아니기 때문이다. 시는 여러 경험의 축적이라는 얘기다.

지금도 김광석의 노래를 듣고 있으면, 지금은 없어진 카페 '하가'도 생각나고, 어느 가을날 비 오는 저녁의 은행나무도 생각난다.

나는 어떤 사랑이든 끝나지 않기를 바란다.

너무 아프기 때문이다.

그러나 끝나지 않는 사랑이 어디 있으랴! 김광석의 노래를 들으며 가을 저녁 은행나무 아래를 걸어보자.

비가 내리는 날이면 더 좋겠다. 은행잎은 길거리에 달라붙어 반짝이고, 그러다 위를 쳐다보면 비에 젖은 순금빛 나무가 아름다운 모습으로 우뚝 솟아 있는 것을 보게 될 것이다.

문득 내 몸에 순금물을 들인 사랑을 만나거나 지금 진행 중인 사랑이 생각나기도 하고, 처연한 실연이 생각나기도 할 것이다.

기억 속의 절밥

　가장 기억에 남는 절밥은 고향의 운장암에서 먹던 산초장
아찌이다. 운장암에는 쇠로 만든 관음보살좌상이 모셔져 있
는데 국가지정 보물 986호이다.

　남향의 밝은 기운이 감도는 곳에 자리를 잡은 운장암 주변
은 모두 절터로, 유물들이 묻혀 있다고 한다. 그곳에서 발굴
된 유물 가운데 하나가 이 관음보살좌상 옆에 작은 키로 서
있는 곱돌로 된 불상들이다.

　풍만한 얼굴에 경쾌한 미소를 띠고 있는 관음보살상은 흑
백과 적록, 자색의 아름다운 천연색으로 개금을 하고 있어
아름답다. 불상의 조성 시기는 고려 말이나 조선 초로 추정

하고 있다.

운장암은 몇 년 전에 당국의 도움으로 사찰 건축양식 흉내를 내어 새롭게 지었지만, 내가 드나들던 무렵에는 빨간 함석을 얹은 민가였다.

그 암자는 우리 동네 할머니나 어머니들이 걸어서 다녔다. 승복을 입고 동네를 드나들던 운장암 스님이 기억난다.

나는 고향에서 중학교까지 다녔는데, 그때까지도 운장암에 가본 적이 없었다. 나이가 들어 도시에 살면서 좀 여유가 생기자 고향에 내려갈 때마다 암자에 자주 들렀다.

그러던 중 젊고 붙임성이 좋은 스님을 만나 항상 차 대접을 받았다. 지금은 법명을 기억할 수 없지만, 젊은 스님은 손재주가 좋아서 빨간 가죽나무로 다탁이나 차받침을 만들었다. 암자를 둘러싸고 있는 대나무로 이것저것을 만들기도 했다.

가을에는 감을 따러 가다 말고 나를 반기며 차를 내오고 우린 감을 깎았다. 그러니 그 스님을 좋아하지 않을 수가 없었다. 나는 「운장암에 가서」라는 시도 한 편 썼는데, 부분을 인용하면 다음과 같다.

부처를 보되 중을 보지 말라고 하였거늘

중 보고 부처가 좋아져

철조보살 앞에 타다 만 탱화 앞에

거듭거듭 합장한다

—졸시 「운장암에 가서」 부분

어느 날 운장암에는 나와 비슷한 또래의 여성이 묵고 있었다. 현대의학으로는 고치기 어려운 병을 앓고 있어서 절에 내려와 있다고 하였다. 나는 직감적으로 무병이 아닌가 하는 생각이 들었다. 이성적으로 끌리거나 관심을 둘 만한 여성은 아니었다.

서울에 있는 대학에서 식품영양학을 전공했다는 그녀가 절에 머물면서 나는 그 절에 더 자주 드나들게 되었는데, 순전히 그녀가 만들어내는 반찬 때문이었다.

그녀는 철철이 암자 주위를 돌아다니며 산나물이나 열매를 모아 반찬을 만들어 밥을 먹고 가라고 붙잡았다. 감과 도라지, 대추, 두릅, 잔대, 취나물 등으로 만든 장아찌, 뽕잎이나 국화 튀김 등 별의별 반찬을 만들어서 내놓았다. 그 가운데 산초장아찌가 일품이었다.

아버지가 생존해 계시던 시절에는 산초 열매로 기름을 짜서 온 식구가 둘러앉아 밥을 비벼 먹기도 하였다. 그때까지 기름으로만 먹는 줄 알았던 산초 열매. 그런데 열매째 담근 산초장아찌는 겨울날 오독오독 따먹는 재미와 함께 강한 향이 일품이었다.

추석을 앞두고 집안사람들이 시골에 모여 벌초를 할 즈음이면 산초 열매를 땄다. 장아찌 담그기에 알맞게 짙은 파란색으로 익어 있다. 여물어 껍질이 벗겨지기 전이다.

당시 운장암에서 산초장아찌 담그는 법을 배운 나는 수년간 벌초 때마다 산초를 따서 장아찌를 담가 먹었다.

운장암의 스님과 그 여성은 오래전 어디론가 옮겨가서 고향에 없고, 산초를 따와 씻어놓으면 장아찌를 담갔던 어머니도 돌아가셨다.

절밥을 먹을 때마다 문득문득 산초장아찌 향과 함께 이들의 모습이 떠오른다.

강화도

몇 해 전 가을에 강화도에서 문학강연을 한 것이 인연이 되어 격주로 일요일 오후에 강화도를 다닌다. 열 명 내외가 모이는 소규모 시 창작교실에 가는 것이다. 평일은 강화도를 건너갈 여유가 안 되어 일요일 오후 시간을 잡았다. 일요일 까지 매이면 어쩌나 부담스러웠지만, 무리 없이 반년이 훨씬 지났다.

일산에 사는 나는 강화도를 다니는 재미가 이만저만이 아니다. 한 달에 두 번 일산대교를 건너 김포를 지나 강화대교를 건너다니는 이런 여행이 얼마나 계속될지는 모르겠다. 그렇지만 인생에서 한동안 이런 경험을 한다는 것이 여간 행운이 아니라는 생각이 든다. 시간이 지나면 좋은 추억거리가 될 것이기 때문이다.

강화도에는 주로 버스로 다닌다. 내가 사는 아파트 단지 앞 버스정류장에서 강화행 버스를 탈 수 있어서다. 돌아올 때도 조금 걸어서 버스를 한 번 타면 백석동까지 온다. 한 시간 반쯤 걸리니, 일산에서 서울 강남에 나가는 거리다. 버스 안에서 멍하게 창밖 풍경 구경을 해도 되고, 전날 술에 취하거나 해서 피곤하면 자도 되고, 눈을 감고 이어폰을 끼고 음악을 들어도 된다. 교통 여건이 이렇게 잘 따라주는 것도 행운이다.

수업방식은 졸저『이야기가 있는 시 창작 수업』을 돌아가며 조금씩 읽고, 각자 써온 시를 합평하며 고쳐가는 식이다. 시제는 참가자들이 순서대로 돌아가면서 발표한다. 시제를 일단 입에서 뱉으면 거두어들일 수 없고 바꿀 수도 없다. 이렇게 해서 2주일에 한 편씩 써서 가져오는 시들을 읽으며 함께 퇴고하는 것이 무척 재미있다.

그러나 더 재미있는 것은 시골스러운 분위기이다. 참석자들은 수업이 시작되기 전부터 무엇인가를 탁자 위에 내놓기 시작한다. 집에서 심은 고구마와 감자와 옥수수는 물론이고 미나리도 베어오고 살구나 자두도 따온다. 청둥오리알도 가져오고 떡을 내놓기도 한다.

이런 것들을 먹으면서 공부를 하다보면 저녁밥을 먹을 때가 되어도 배가 꺼지지 않는다. 그래도 저녁을 건너뛰기가 섭섭하여 식당에 가서 밥을 주문한다. 술을 시키기도 한다. 이런 정겨운 경험을 시로 남기고 싶어서 「강화도」라는 제목의 시를 썼다.

김포에서 나서 강화에 시집왔다는 관청리 사는 총무는

감자와 옥수수와 고구마를 자주 쪄오고

영월이 고향이라는 창후리댁은 논두렁에서 미나리를 베어오고

농약을 안 쳤다는 살구와 자두를 따온다

이렇게 크고 노랗고 맛있는 살구를 먹어보기는 처음이다

옛날에 부자여서 대문 없는 시골집으로 일부러 시집갔다는 창리댁은

외딴집에서 놓아기르는 청둥오리 알을 주워오고

얼마 전 남편이 군수여서 지금도 사모님으로 불리는 반장 언니는

그림을 그리고 서예도 공부하는데 검은깨 인절미를 가져온다

아들과 같이 산다는 시인 지망생은 닭발을 맛있게 무쳐 와서

공부를 마치고 밥 대신 소주를 마신다

도시로 돌다가 갑곶에 들어와 산다는 퇴직 선생님은

농사를 지을 재간이 없어서 옛날 시골이야기를 가져오고

그중 나이가 제일 적은 용정댁은 재치 있는 말솜씨를 가져

온다

돋보기를 손에 들고 책을 더듬더듬 읽어가는 이강리 할아

버지는

옛날에 아버지가 소목 대목을 한 목수였다며

모반이나 막걸리가 일을 한다는 좋은 옛말을 가져온다

이런 것들로 오후 내내 시 공부교실은 배가 부른데

그래도 저녁을 시키면 고려 강화도읍 때부터 전해 온다는

일억조식당 젓국갈비도 맛있고 돌솥비빔밥도 묵밥도 다 맛

있다

오늘은 오랫동안 교회전도사로 사역하다가 장로와 결혼했

다는

지금은 시 공부 교실에 나오지 않는 돌성이댁을 만났더니

옥수수와 풋고추와 강낭콩과 애호박과 가지와 쑥개떡을 싸

준다

쑥개떡은 내가 가장 좋아하는 떡이다

이런 것들을 구경하고 먹는 것이 시 공부보다 재미있다

지금까지 먹어본 가장 맛있는 음식은

강화 젓국갈비와 강화 살구와 강화 오리알과 강화 쑥개떡
이다

강화 닭발과 강화 고구마와 강화 인절미도 맛이 있어서

이걸 빼놓으면 강화도가 아주 섭섭해 할 것이다

─졸시 「강화도」 전문

지난 수업에서는 창리에서 오는 분이 체리 두 봉지를 내놓
았고, 텃밭에서 땄다는 풋고추와 가지와 방울토마토를 비닐
봉지에 담아왔다. 창후리에서 오는 분은 바닷가에서 직접 뜯
었다는 나문재와, 매실로 담갔다는 고추장 한 통을 가져왔다.

수업이 끝날 때쯤에는 이강리에서 오는 분이 느닷없이 문
을 열고 들어서는데, 손에 어린아이 머리통만한 참외 열 개
가 담긴 비닐봉지가 들려 있었다. 집에 와서 비닐봉지를 열
어보니 달팽이가 파먹은 방울토마토도 섞여 있었다. 파먹은
자리가 귀여웠다.

운명

누구나 아름다운 인생이 되기를 바란다. 한 생을 아름답게 살다가 마치기를 바란다. 그러나 어떻게 사는 것이 아름답게 사는 것인지 대부분의 사람들은 모른다. 어쩌면 사람은 아름답게 사는 방법을 찾아다니다가 죽는 존재인지도 모르겠다.

아름답게 사는 방법을 묻는다면 사람들마다 대답이 모두 다를 것이다. 대답이 다른 것은 아름답게 사는 방법을 한 가지로 정의할 수 없기 때문이다.

오십대 중반에 이른 지금도 나는 아름답게 사는 방법을 명확히 말하기 어렵다. 그런 내가 이십대 중반에 써서 등단한 작품 5편 가운데 하나가 「아름답게 사는 법」이라는 제목의

시이다. 아름답게 사는 방법을 시로 쓰다니, 돌이켜보니 열정
으로 쓴 관념이다.

외치지 말 것
산모롱이거나 들판
아니면 강둑 위
꽃으로 피어 있다
가끔 바람이 불어
못 견디겠으면
흔들릴 것

고여 있을 것
똥개 발자국이거나
군용트럭 바퀴자국
아니면 하이힐 뒤축 자국
거기 조그맣게 모여 있다
가끔씩 내리는 비
못 견디겠으면
터질 것

두껍고 단단한 땅속

지극히 뜨거운 불로

숨어 있을 것

밝히면 어때

가을바람 지나며

녹슨 눈물 얼려도

시린 손발 옹그려

눌러 참다

마지막 용서를 위하여

봄에

시퍼런 칼 하나

내밀 것

—졸시 「아름답게 사는 법」 전문

　민주화를 위한 시위가 많았던 1980년대 중반 군부정권 시절, 함부로 외치지 말고 참고 참다가, 숨어 있다가 마지막 용서를 위하여 세상을 엎어버리자는 드러나지 않는 선동의 시이다. 당연히 위 시는 첫 시집에 들어 있다.

　나는 첫 시집을 대학 졸업 직전의 마지막 학기 겨울인

1987년 12월에 실천문학사에서 냈다. 시집이 나오는지도 모르게 나왔다. 신문기사를 본 사람이 연락을 해와서야 시집이 나온 줄 알았다. 지금처럼 개인전화가 없던 때였고, 자취방을 옮겨다녔으니 출판사에서는 연락할 방법이 없었던 것이다.

주소를 들고 서대문의 경기대 입구에 있던 실천문학사를 찾아갔다. 당시 이문구 소설가가 대표, 송기원 소설가가 편집주간, 나중에 문학동네 대표가 된 강태형 시인이 편집장을 맡고 있었다. 출판사에서는 내가 연락이 안 돼서 등단 잡지사에 가서 사진을 가져다가 사용했다고 하였다.

점심을 얻어먹고 인세와 증정본 20권을 받았다. 친구들을 불러 시집을 나누어주고 술을 샀다.

내가 시 원고 뭉치를 『실천문학』에 투고한 것은 등단 이전이었다. 『실천문학』은 1986년 내내 정치적 이유로 정간 상태였다. 문예지가 정치적 이유로 정간이 되던 그런 시절이었다.

결국은 다른 문예지에 투고하여 등단을 하게 되었고, 『실천문학』 쪽에는 1987년에 복간되자마자 현장시 특집의 일부로 시 5편이 약력 미상으로 실렸다. 약력 미상이라니, 이때까지도 나에게 연락을 할 방법이 없었던 모양이다.

시집이 나오자 나는 들떠 있었다. 그러나 이 시집은 삼십대 전후의 생활을 힘들게 했다. 시집을 들고 이곳저곳 밥자리를 찾아다니다가 기업 홍보실에 공채로 취직을 하였는데, 얼마 못 가서 전력을 이유로 해직이 된 것이다.

대학 시절 교내외 시위 등의 전력이 있는 동기들과 나를 포함해서 5명이 집단해직을 당했다. 회사측이 법원에 제출한 변호사 서면을 보니 "대학재학 중 문예활동 등 학회활동 기재누락, 1987. 12 시집 『대학일기』 출간. 현실을 보는 시각이 지나치게 부정적임"이라는 이유였다. 회사측은 시집을 법정에 증거물로 제출하였다.

결국 대법원까지 2년 8개월 동안 해고무효소송을 해서 3명은 복직을 하고 학내시위 관련으로 무기정학을 당했던 한 친구와 나는 끝내 복직을 하지 못하였다.

그러다가 김대중 대통령 정부 때 제정된 '민주화운동관련자 명예회복 및 보상에 관한 법률'에 의거해 명예회복이 되고 관련 심의위원회에서 2004년에 복직권고를 하였지만, 권고라는 이유로 흐지부지되고 말았다.

이미 나도 회사를 떠난 지 십수 년이 지나 나름대로 길을 정하여 박사학위과정을 밟고 있고, 다른 동기는 시골에서 가업인 양조장을 일으키는 등 먼길을 와 있었다.

돌아보면 인생은 운명이라는 생각이 든다. 그래서인가 나는 이런 시를 발표하기도 하였다. 마르크스를 읽다가.

젊어서는 적어도 152편이나 되는 시를 써서 에니에게 보냈던
시적 상상력이 풍부했던
모범적인 남편이자 아버지였던 마르크스

1861년이었던가
주 수입원인 「뉴욕 트리뷴」 기고가 미국 남북전쟁으로 끊기자
많은 양의 잡문을 쓰는 일을 하면서
그것도 생활이 어려워 철도사무소에 취직을 하기로 결심을
하였는데
악필 때문에 취업에 실패했다고 한다

그가 만일 철도사무소 노동자로 눌러앉았더라면
『자본』이라는 책이 태어났을까?

1990년 초
내가 사회비판적 시집을 냈다는 이유로
취업했던 공기업에서 해직이 되지 않았다면
시집 여섯 권을 포함한 열세 권의 책을 쓸 수 있었을까?
지금 이 청탁원고를 쓰고나 있을까?

오십대 중반에 이르고 보니, 또 선배들의 다사다난한 삶을 생각해보면, 인간에게는 운명이라는 게 있는 것 같고 자신의 운명을 자연스럽게 받아들이는 것이 아름답게 사는 법이 아닐까 하는 생각도 든다.

시「사는 법」은 한국 여성시단의 좌장이었던 홍윤숙 (1925~2015)의 시이다. 나는 시인의 부음을 독일 프랑크푸르트 도서전에 있을 때 들어서 장례에 참석하지 못했다.

시인은 1947년『문예신보』에「가을」을 발표하면서 시단에 나섰다. 홍윤숙 시인은 박재삼 시인과 함께 1986년『동서문학』 10월호에 나를 신인으로 뽑아주었다.

내가 습작기에 홍윤숙의 이 시를 읽었는지 안 읽었는지에 대한 특별한 기억은 없다. 그러나 내 등단작 가운데 하나가「아름답게 사는 법」인데, 홍윤숙의 시와 내용은 다르지만 어투가 닮았다.

예술에서 닮는다는 것은 자랑이 아니고 죽음이다. 홍선생님은 왜 자신의 시와 닮은 어투의 시를 뽑았을까?

봄날에 떠오르는 생각

　유난히 봄을 뜸들이더니 비가 두어 번 내렸다. 그러더니 어느새 꽃이 활짝 피었다. 남산 자락 진달래는 진즉에 피었고, 남한산성의 언덕에는 현호색 군락이 빗방울을 머금고 있다.

　겨우내 참새들이 와서 수다스럽게 놀던 쥐똥나무 울타리의 가는 나뭇가지는 새잎을 참새 발가락만큼 내놓았다. 참새는 가는 발가락으로 가는 나뭇가지를 붙잡았을 것이고, 가는 발가락이 붙잡은 나뭇가지에는 참새의 체온이 참새 발가락만큼 묻어 있었을 것이다.

　나뭇가지들은 참새의 체온을 기억했다가 그것을 잎으로

내미는 게 아닌가 하는 생각이 든다.

겨우내 햇살이 걸터앉아 있던 언덕에도 개나리꽃이 피었다. 개나리 가지에 겨우내 앉아서 햇살을 쟁이던 것이 툭툭 터져나오는 모습이다. 산수유 가지를 겨우내 감고 있던 햇살들도 봄이 되자 술술 햇살을 풀어내어 노란 꽃으로 피어나고 있다.

겨우내 참새들이 와서 놀던 쥐똥나무 울타리

가는 나뭇가지에 새잎이 참새 발가락만큼 돋았다

참새는 가는 발가락으로 나뭇가지를 붙잡았을 것이고

발가락이 붙잡고 있던 가는 나뭇가지에는

체온이 가는 참새 발가락만큼 묻어 있었을 것이다

나뭇가지들은 참새 발가락 체온을 기억했다가

쥐똥나무 어린잎을 체온만큼 내밀어주고 있는 것이다

―졸시 「기억형상합금」 전문

이렇게 겨우내 쟁였던 햇살들은 나름대로 터지고 풀려서 온 산천에 꽃불을 확 지를 것이 분명하다. 마치 마음이 터져서 몸에 불을 확 지르는 사랑과 같이.

어쩌면 인생에서 꽃이 피는 시기는 이렇게 마음이 터져서 몸에 불이 확 붙는 때일지도 모른다.

어떤 나무는 일찍 꽃이 피고 어떤 나무는 늦게 꽃이 피는 것처럼 사람도 마찬가지일 것이다. 꽃이 피지 않는 나무가 없는 것처럼 사람도 일생에 꽃을 한 번쯤은 피울 것이다.

그래서 봄날 「이런 봄날」이라는 시를 써봤다.

흰 토끼가 죽어서 묻힌 울타리에는

백목련나무가 자라서

가지 끝에 흰 귀를 활짝 열고 있고

재 토끼가 죽어서 묻힌 뒤꼍에는

자목련나무가 자라서

가지 끝에 붉은 귀를 쫑긋 세우고 있습니다

복숭아를 먹다가 씨앗이 목에 걸려 죽은

개를 파묻은 냇가에는 개복숭아나무가 자라서

개복숭아꽃이 피고

여자와 너 죽고 나 죽자며

칼부림 하다가 결국은 "같이 살구보자"고 달랬던

돌담에는 살구꽃이 화사합니다.

　　―졸시 「이런 봄날」 전문

　어려서 씀바귀를 잘 먹던 토끼를 키운 적이 있다. 목련꽃은 토끼의 귀를 닮았다. 이런 생각을 한 것은 오래되었다. 초등학생 아들과 수원의 화성에 갔다가 자목련을 보고 발상한 것이다.

　고향에는 아직 빨간 함석지붕을 이고 있는 빈집이 있는데, 그 옆에 키가 큰 목련나무가 서 있다. 지금은 환한 목련이 피어 주인 없는 집을 지키고 있을 것이다.

　개복숭아꽃은 개와 복숭아를 조합하여 상상한 것인데, 아무 데서나 거칠게 자라지만 꽃이 고운 나무다.

　화사한 살구꽃은 결국은 칼부림으로 사랑을 쟁취한 원시

적이고 본능적인 사건을 상상하게 한다. 옛날에는 사랑을 위하여 죽음의 문턱까지 가는 사건들이 종종 있었다. 요즘은 어째 이런 사랑도 사건도 없다. 재미가 없다.

그러나저러나 이제 곧 온 들과 산은 봄 병에 걸린 듯 꽃을 피워댈 것이다.

어느 분이 봄소식 전하려고 하늘에서
풀쩍 뛰어내리다가 바위에 상처를 입어
산등성이마다 피가 번져 진달래여요
신록은 그것이 산불이 이는 줄 알고
출렁출렁 능선으로 파도쳐 가서는
골짜기 골짜기마다 산벚나무 가지에
하얀 물거품을 팝콘처럼 얹어놓았어요
지난겨울 조용하고 순결한 것의 무게가
우두둑 소나무 우듬지를 꺾고 간 자리에
철철 흘러내리는 송진. 그 상처의 향기
긴 겨울의 무게에 몸이 얼어 찢어진 나도
향기를 내뿜는 아름다운 놈이겠군요.

—졸시 「봄 병」 전문

봄 병에 걸리는 것은 산과 들이 아니고 사람이다. 이런 봄날이면 갈 데는 없는지, 만날 사람은 없는지 마음이 싱숭생숭해진다.

바위산에는 상처를 입어 피를 흘리듯 붉은 무더기로 피는 진달래, 이것이 산불인 줄 알고, 이 산불을 덮으려고 신록은 점점 푸르러진다. 그러면서 산벚나무들은 불꽃놀이처럼 팝콘처럼 펑펑 산을 환하게 밝힌다.

봄 산에 구름처럼 피어 버짐처럼 번지는 산벚나무꽃은 새들이 벚나무 열매를 먹고 날아다니다가 똥을 싸서 옮긴 것이다.

떨어진 자리에서 움이 터서 나무로 자랄 수도 있고 그냥 말라버릴 수도 있을 것이다. 이런 씨앗도 땅에 뿌리를 내려 다시 태어나는 것은 운명이다. 번식하는 방식이 개복숭아나무와 같다.

등산을 하다가 보면 폭설에 꺾인 소나무에서 나는 진한 송진 냄새를 맡을 수 있다. 실제로 관악산 등산중에 만난 적이 있다.

오랫동안 인생의 겨울을 보내느라 몸이 얼고 찢어졌다는 화자. 화자는 꺾인 소나무를 보고 자신의 몸에서도 아름다운 향기가 날 것이라고 스스로 위로한다.

겨울을 견딘 대지가 폭발하듯 꽃을 피워대는 봄의 향연장에서 이런 꽃 저런 꽃을 생각해본다. 그러면서 오래 사귀다가 결혼을 앞두고 헤어진 어느 청춘의 실연을 생각해보고, 죽음의 문턱까지 갔을 옛날의 사랑을 생각해본다.

주위의 파란만장한 삶을 떠올려보고, 겨울에 찢어진 소나무를 생각하며 힘겨운 청춘을 보낸 날들을 생각해본다. 모두 봄날의 꽃과 겹치는 아름다운 존재들이다.

풀과 나무와 꽃과

한국사회에 정신적 고통이 만연하여 대책 마련이 필요하다는 경제협력개발기구(OECD)의 보고서가 발표되었다. 세계 최고 수준의 자살률과 알코올 남용, 도박, 인터넷 중독, 학교폭력 등 최근 우리 사회를 달군 이슈를 열거하면서 이런 진단을 한 것이다.

정신적 고통은 고용 등 다른 사회경제적 현안으로부터 영향을 많이 받는데, 정신건강 문제는 단순한 의료상의 문제를 넘어서는 것이라고 한다. 그렇기 때문에 사회 전반의 정신적 고통을 해소하려면 여러 부문에 걸친 전반적인 치료가 필요하다는 것이다.

자연과 멀어진 현대문명의 삶에서 고통을 받는 몸과 마음을 치유할 수 있는 가장 빠른 방법은 숲을 만나는 것이라는 생각이 든다. 거기서 나는 꽃과 나무와 곤충을 공부하고 있다.

　물론 내 시에는 풀과 나무와 꽃들의 이름이 많이 등장한다. 나는 성년이 되어서야 『논어』를 읽어가면서 초목에 대한 관심을 갖게 되었다. 양화편에 보이는 "시를 읽으면 날짐승과 길짐승과 풀과 나무의 이름을 많이 알 수 있다"는 말을 좋아해서 식물도감을 여러 종 구해 공부하기도 했다.

　시를 잘 읽는 것도 그렇지만 잘 쓰려면 새와 짐승과 풀과 나무의 이름을 잘 알아야 한다는 것을 『논어』를 읽으면서 눈치챈 것이다.

　실제로 시가 잘 써지지 않을 때는 식물도감을 천천히 넘기면서 시상을 가다듬기도 한다. 공자가 편집한 『시경』을 식물도감과 함께 읽기도 했다.

　「행운」이라는 시는 숲힐링학교에서 식물도감을 넘기다가 얻은 것이다. 토끼풀의 꽃말이 행복이라는 것도, 네 잎 토끼풀은 행운이라는 것도, 나폴레옹이 전쟁터에서 우연히 발밑의 네 잎 토끼풀을 따려고 허리를 굽히는 순간 총알이 그 위로 날아가서 살아나는 행운을 얻었다는 것도 식물도감에서 얻은 정보이다.

네 잎 토끼풀을 찾고 있는 사람들이
토끼풀밭을 짓밟고 있다

토끼가 잘 먹는 풀이어서 이름이 토끼풀이고
꽃말은 행복이라고 한다
네 잎 토끼풀은 행운이라고 한다

행운을 따보려고
나는 지금까지
수십 평의 토끼풀밭을 짓밟았다

그러나 한 번도 네 잎 토끼풀을
이 돌연변이를 따본 적이 없다

행운은 나폴레옹처럼 오는 것이라는 생각이 든다

우연히 발밑에 있는 네 잎 토끼풀을 따는 순간
머리 위로 총알이 지나가는 것처럼

돌연변이처럼

―졸시 「행운」 전문

네 잎 토끼풀잎은 돌연변이다. 행운은 평범한 일상에서 이렇게 "돌연변이처럼" 갑자기 오는 거라는 생각이다.

또 한 편의 시 「어떤 시위」는 사무실에서 체험한 것을 형상화한 것이다.

어느 날 서류를 보내려고 팩스 앞에 갔더니, 그 위에 파란 사철나무 잎 하나가 떨어져 있었다. 청소아주머니가 청소를 하려고 나무를 옮기다가 떨어뜨린 것이다.

나뭇잎을 치우고 서류를 보내려고 종이를 삽입구에 끼웠지만 팩스가 반응을 하지 않았다. 덮개를 열어보니 거기에 파란 잎 하나가 더 있었다. 그 순간에 생각해낸 것이 아래의 시다.

종이를 주는 대로 받아먹던 전송기기가
입을 꾹 다물고 있다

전원을 껐다가 켜도

도대체 종이를 받아먹지 않는다

사무기기 수리소에 전화를 해놓고
덮개를 열어보니

관상용 사철나무 잎 한 장이
롤러 사이에 끼여 있다

청소아줌마가 나무를 옮기면서
잎 하나를 떨어뜨리고 갔나보다

아니다
석유 냄새 나는 문장만 보내지 말고

푸른 잎도 한 장쯤 보내보라는
전송기기의 침묵시위일지도 모른다

—졸시 「어떤 시위」 전문

팩스가 삽입구에 종이 대신 사철나무 푸른 잎을 물고 종이를 받아들이지 않고 있는 것이 어떤 항의로 여겨졌다. 비인간적인 문명에 대한 저항 같았다. 팩스는 혹시 누군가에게 푸른 나뭇잎을 보내고 싶었는지도 모른다.

아니면 잉크 냄새가 나는 딱딱한 문장만 보내지 말고 푸른 식물성의 문장이나 마음도 보내라는 나름대로의 시위일지도 모른다는 생각이 들었다.

오솔길을 걸어가다
암자에 들러

경쟁과 속도 중심의 사회에서 상처받고 있는 많은 사람들이 치유를 간절히 원하고 있다. 시인 몇 명이 모여 숲힐링생태문화협회라는 모임을 만들었다.

지친 현대인들을 인간의 마음과 몸의 고향인 숲으로 인도하여 위안과 공감을 주는 시를 쓰고 낭송하게 하는 문화운동을 펼치겠다고 선언하였다. 시 쓰기의 실천을 통해서 삶의 활력과 건강을 되찾도록 하겠다는 것이다.

숲에서 시를 읽고 쓰면서 상처받은 영혼과 육체를 치유하고 가꾸고 즐기는 자유인들이 되고자 하는 이들은 한반도의 생태계에도 관심을 갖고 있다. 북한에 나무 한 그루 보내기운동을 하면서, 한반도를 넘어 지구촌 생태계로까지 관심을 넓혀보겠다고 한다.

이 모임은 교육 프로그램의 하나로 숲생태문화치유사 과정도 개설했는데, 이 교육과정에서 나는 '사찰과 시'를 강의하기로 하였다. 아무래도 숲과 가장 가까이 있는 건물이 절이라는 생각을 하였던 모양이고, 『불교문예』 잡지를 수년간 편집했던 내가 강의의 적임자라고 여긴 것 같다.

강의 자료를 만들면서 이 가을의 숲과 절을 떠올려보니, 가장 먼저 생각나는 곳이 고향의 운장암이다. 이슬을 털며 물봉선이 많이 자라는 오솔길로 가야 하는 시골집 근처의 절이다.

> 마을 뒤 백화산
> 오래된 부처를 뵈려고 가다가
>
> 길가에 뒹구는 밤 호주머니가 터지도록 줍느라
> 날이 저물어 운장암에 닿았다
>
> 푸른 머리 젊은 스님 감 따러 가다 말고 반기며

차를 내오고 우린 감 깎는다

부처를 보되 중을 보지 말라 하였거늘
중 보고 부처가 좋아져

철조보살 앞에 타다 만 탱화 앞에
거듭거듭 합장한다

도심서 번잡한 밥 줍느라
나 언제 절에 오르나

밥 욕심 무거워 지고 오르자면
이미 날은 저물어버릴 텐데.

　　―졸시 「운장암에 가서」 전문

　운장암은 어느 날 찾아갔다가 그곳 스님이 좋아 보여서
자주 다녔던 절이다.
　또 생각나는 절은 경남 산청 대성산 정취암(淨趣庵)이다.
시를 쓰는 수완 스님이 주지로 계시는 절인데, 찻길도 좋지만 옛길인 숲으로 난 오솔길로 오르는 맛이 좋은 절이다. 이 절에서 두세 번 묵은 적이 있다.

산청에 강연하러 갔다가 이곳에 들러 연밥으로 빚은 술과 『선의 황금시대』, 『술몽쇄언』, 『도연초』 같은 책을 얻어오기도 했다.

이 책들은 수년 전 여름에 세종시 경원사 효림 스님이 추천한 것이다. 어느 해 가을에는 정취암에서 하룻밤을 묵고 와서 아래의 시를 써서 발표하기도 했다.

저녁 산길 돌아 붉은 구름 높이에 올라와
객사 앞 소나무에 달을 걸어놓고 잤지요
새벽 도량석에 끌려 밖에 나가니
나도 객사도 법당도 별이불 덮고 자는 게 아니겠어요
대승암에 틀어 앉은 늙은 느티나무 위에선
가끔 철없이 깬 날짐승이 밤새 징징거리더군요
바람을 재우느라 수런거리는 대밭과 짐승 울음과
심란한 마음이 열사흘 달빛과 몽유하는 객사
그릇 부딪히는 공양간 소리에 깨어 마루에 나오니
안개가 폭설처럼 마을을 묻어버렸더군요
산신각 뒤꼍 죽은 소나무 우듬지에서

열심히 아침 공양을 드시는 딱따구리

내가 한 숟가락 뜰 때 열 숟가락도 더 뜨시는 딱따구리

꾀꼬리 노래 따라 응진전 지나 간월대에 오르는데

이마를 툭 치는 개암나무 열매

고개 드니 어젯밤 쏟아진 유성이

바위 벼랑에 나리꽃으로 매달려 있는 게 아니겠어요?

—졸시「정취암에서 하룻밤」전문

 신라 때 지었다는 정취암은 산 중턱에 제비집처럼 매달려
있다. 정취암으로 올라가는 구불구불한 길은 숲에 가려서 보
이지 않기도 하고 보이기도 한다. 멀리서 보면 마치 구렁이
가 새집을 건드리려고 올라가는 것 같다. 기암절벽에 지어진
정취암에서 아래를 내려다보는 경치가 장관이다.

 자본 중심의 사회에서는 경쟁의 승자 역시 상처를 받는다.
그래서 인간적인 것을 내포한 자본주의를 원하는 외침이 오
래전부터 일어났다. 승자 역시 언젠가는 다른 승자에 의해
패자가 된다는 것을 알기 때문이다.
 영원한 승자는 없다. 그러니 결국은 경쟁에서 이겨봐야 별

것 아니다. 금방 다른 경쟁 상대자가 나타나기 때문이다.

주먹으로 이긴 자 주먹으로 망한다는 말이 있다. 그러니 상대에게 싸움을 걸고 경쟁을 도모하는 것은 결국은 인생을 낭비하는 짓이다.

그런 줄 알면서도 사람들은 경쟁과 속도를 현대적 인간의 보편적 선으로 알고 있다. 같은 길을 빨리 가려고 대로에서 무리들과 경쟁한다. 그러다보니 부딪히고 막히고 싸우는 것이다.

차라리 나만의 오솔길을 가는 것이 편하고, 실제로 그것이야말로 인생의 경쟁력이 아닐까 하는 생각을 해본다.

가을이다. 숲으로 난 오솔길을 걷다가 절집에 들러 샘물 한 바가지 마시며 절에 얽힌 이야기나 듣고 돌아와야겠다.

산청과 왕희지와
곡수잔치

　산청 문화예술회관에 강연하러 갔다가 문인들과 어울려 산청 읍내 수계정(脩稧亭) 앞 식당에서 점심을 먹었다. 산청에 사는 원로 한 분이 산청의 원래 이름이 산음(山陰)인데, 경호강(鏡湖江)과 함께 왕희지의 고사에서 이름을 따왔다고 하였다.

　서예를 배우느라 틈틈이 왕희지의 『난정서』를 임서하다가 내려간 터라서 아주 흥미로운 인연이라는 생각이 들었다. 집에 돌아와 다시 법첩 『난정서』와 『고문진보』를 펴놓고 읽어 가는 기분이 묘했다.

　『난정서』는 중국 절강성 소흥현 서남쪽에 있는 난정(蘭亭)에 진(晉)나라 왕희지가 사안, 손작, 승려 문순 등 당대의 풍

류 명사 42명을 초대하여 곡수(曲水) 잔치를 벌이며 지은글
이다.

따뜻하고 바람도 없는 아주 좋은 날, 굽이도는 시냇가에
줄지어 앉아 술을 부은 잔을 물 위에 띄우면, 그 술잔이 흘
러 다다른 곳에 있는 사람이 술을 마시고 시를 지어 읊는 놀
이다.

시를 못 지으면 연거푸 술이 석 잔이라니, 우리가 잘 아는
경주의 포석정 놀이를 생각하면 될 것이다. 왕희지가 그 자
리에서 시문집의 서문으로 쓴 것이『난정서』이다.

이 글은 "영화 9년(서기 354년) 저무는 봄 초순에 회계 산음
난정에 모였다. 흐르는 물에 몸을 씻어 깨끗하게 하는 행사
를 위해서이다"(永和九年歲在癸丑 暮春之初 會于會稽山陰之蘭亭 脩
稧事也)로 시작한다. 그러니 산청의 옛 이름인 '산음'과 수계
정의 '수계'는 여기서 따왔을 것이다.

산수를 사랑하고 인생을 즐기는 동시에 영원한 것을 사모
하고 유한한 인생의 무상함을 슬퍼하는 글의 내용도 볼 만하
지만, 왕희지 글씨의 최대 걸작인 이『난정서』에 대한 일화
역시 흥미롭다.

종이 이름으로 보아 누에실로 만든 잠견지(蠶絹紙)에 쥐 수
염으로 만든 붓인 서수필(鼠鬚筆)로 썼다는 28행 324자의 이

서문은 즉석에서 지어 써서 그런지 몇 군데 고친 곳이 있다.

왕희지는 이 서문을 후일에 다시 몇 번 고쳐써보았지만 처음 것만 못하였다. 그래서 초고를 신령의 도움에 의한 것이라고 여겨 애지중지하며 자손에게 전하였으니, 그렇게 하여 7대손 지영(智永)에게까지 이르렀다고 한다.

스님이라 자손이 없는 지영은 백 살쯤에 세상을 떴는데, 죽기 직전 제자인 변재(辨才)에게 전하였고, 변재는 침실의 대들보에 구멍을 뚫어 그 속에 소중히 간직하였다고 한다.

서예를 사랑한 당 태종은 왕희지의 글씨를 거의 모두 수집했다고 한다. 그러나 왕희지의 걸작으로 알려진 '난정첩'만은 구하지 못했다. 태종은 그것이 변재의 수중에 있다는 말을 듣고, 변재를 불러 융숭히 대접하고 넘겨받고자 하였으나 실패하였다고 한다.

태종은 '난정첩'을 구하고 싶은 생각을 자나깨나 떨칠 수가 없었다. 그래서 대신들에게 무슨 책략을 써서라도 구해달라고 청하였다. 이에 감찰어사 숙진이라는 사람이 나서서 변재를 만나 속임수를 써서 '난정첩'을 훔쳐다가 태종에게 바쳤다고 한다.

태종은 몹시 기뻐하였고, 숙진은 승진을 하고 막대한 상을 받았다. 변재에게도 그 대가로 막대한 재물을 내렸다. 그러나 화병이 난 팔순 노승 변재는 그후로 밥이 목을 넘어가지 않게 되어 1년 넘게 신음하다가 세상을 떠났다고 한다.

인터넷을 뒤져보니 산청에는 환아정(換鵝亭)이라는 정자가 있었는데, 밀양의 영남루, 진주의 촉석루와 함께 영남 3대 정자였다고 한다.

이 정자는 1395년경에 산청 현감 심린이 객사 후원에 지었고, 한석봉이 쓴 현판도 걸려 있었다. 산청의 선비들이 수양 장소로 즐겨 이용하고 주위의 유생들이 찾아와 많은 시를 남긴 이곳은 일제강점기에 보통학교로 사용되다가 1950년에 불탔다고 한다. 지금은 그 자리에 초등학교가 있다.

이 정자 이름 역시 왕희지와 관련된 일화에서 따왔다. 왕희지는 역시 절강성 소흥현의 경호강에 면한 회계(會稽)라는 지방의 관리로 부임했다. 그때 그의 글씨를 흠모한 어느 도사가 강가에 정자를 짓고 예물을 가지고 가서 정자 이름을 써주기를 간청했으나 거절당하였다.

그러나 도사는 왕희지가 거위를 좋아한다는 소식을 듣고 거위를 보냈다. 왕희지가 그 거위를 경호강에 풀어놓고 즐거워한다는 소식을 들은 도사는 즉시 글씨를 쓸 수 있는 좋은 비단을 준비했다. 왕희지는 거절하지 않고 즉석에서 글씨를 써주었다고 한다.

이것이 '흰 거위와 글을 바꾸다(白鵝換字)'라는 유명한 일화이다. 그래서 옛사람들은 산음을 이야기할 때면 왕희지와 거위 이야기를 빼놓지 않았다고 한다.

누군가 산청에 난정을 짓고 곡수 잔치에 초대한다면, 만사 제쳐놓고 달려가 대륙과 반도에 살았던 옛사람들의 정취를 함께 상상하며 느껴보고 싶다.

도자기 다섯 점

나는 가격과 무관한 도자기 다섯 점을 가지고 있다. 잡지사 기자를 잠깐 할 때 취재 갔다가 얻은 것도 있고, 어떤 단체가 수익사업을 벌이는 자리에서 구입한 것도 있고, 시골에서 한약방 하는 선배가 준 것도 있다.

먼저 소개할 것은 청자상감운학문매병이다.

고려청자의 대명사로 누구나 잘 아는 국보 68호인 13세기 작 청자상감운학문매병(간송미술관 소장)을 동곡(東谷)이라는 장인이 재현한 것이다. 몸통에 두 겹의 동심원이 여러 개 자리잡고 있고 그 안과 밖으로 구름과 학들이 어울리는 문양이 새겨져 있다.

어깨선이 둥글고, 어깨에서 굽에 이르는 유연한 곡선이 몸에 착 붙는 원피스를 입은 여인의 모습이다. 몸통은 상감된 구름과 학이 비췻빛 하늘로 오르내리는 모습으로 가득차 있다.

옛날에는 매화를 꽂아두는 병이어서 매병이라고 했다지만, 나는 '낙출어천(樂出於天)'이라 쓴 부채를 꽂아놓고 있다. 한양대 윤재근 선생님의 글씨인데, 박사과정 때 그분의 시론 강의를 한 학기 들은 적이 있다.

글을 쓰다가 가끔 청자의 아득한 비췻빛 하늘을 생각하고 부채 글씨를 보면서 예술의 근원을 생각한다.

또하나는 목이 긴 청화백자이다.

새우와 물고기 그림이 있는 술병이다. 목이 길다. 굽 안에 운산(雲山)이라는 장인의 명문이 보인다. 키는 40센티이고, 목이 길고 아랫부분이 넓고 둥글어 안정감이 있다.

이 도자기의 특징은 안정감일 것이다. 목을 쭉 내밀고 있는 도자기는 빈 논에 서 있는 흰 두루미 심상이다.

그런데 긴 목에서 내려와 넓어지는 경사면에 새우 열세 마리와 물고기 일곱 마리가 그려져 있다. 새우와 물고기가 같이 노는 느낌이다.

이처럼 목이 긴 백자는 19세기에 유행했다고 한다. 그런데 몸통에 원근감과 공간감을 의식하지 않고 그린 새우 그림이 너무 크고 많아서 아쉽다. 오히려 그림이 없었다면 도자기 몸매를 보는 데 방해가 되지는 않겠다는 생각을 해본다.

그다음은 백자 큰 항아리이다.

책장 한 칸을 거의 혼자 독차지하고 있다. 피부가 우윳빛이고 무늬가 없는 순백자이다. 보름달처럼 원만하고 풍부한 몸을 하고 있어 다들 만져보고 싶어한다.

키는 26센티쯤 되고 넓은 쪽 지름이 30센티쯤 된다. 입은 매우 큰데, 큰 입에 먼지가 들어가지 않도록 옛날 책으로 덮어놓았다. 옛날 책은 『금강경오가해』다.

옛날 책에서는 퀴퀴한 냄새가 난다. 어쩌면 이 퀴퀴한 냄새가 도자기와 잘 어울리는지도 모르겠다. 언젠가 아들은 내 몸에서 오래된 책 냄새가 난다고 했다. 아마 그 냄새일 것이다. 굽 안 바닥에는 장인의 명문이 새겨져 있다.

이 둥근 항아리는 몸이 깨끗하고 풍만하다. 나는 "백자 엉덩이와 옥잠화 성교"라는 시 구절을 쓴 적이 있다. 이 도자기에서 '백자 엉덩이'라는 표현을 얻었다. 아파트 화단에 가득한 옥잠화에서, 그리고 앙드레 브르통의 시를 읽다가 '옥잠화 성교'라는 표현을 얻은 것이다.

술을 마시면 코골이가 심한 나는 거실에서 잘 때가 많은데, 도자기는 어둠 속에서도 흰 달처럼 부옇게 떠서 나를 내려다보고 있다.

12세기 이전 고려 초기에 만들어진 청자병도 있다.

무늬가 없으니 순청자이다. 키는 25센티이고 폭은 16센티이다. 몸통 피부는 유리처럼 반질거리고 반투명이다.

이 도자기는 세상의 빛을 보기 전에 술을 따르듯 거꾸로 기울어진 모습으로 오랫동안 흙속에 박혀 있었나보다. 밖으로 나와 있던 아랫부분은 유약이 산화되어 바탕흙이 드러나 있다.

그런데 산화된 자리가 오히려 보기에 좋다. 오래 산 사람처럼 낡아가는 모습을 하고 있어서다. 세월의 풍상을 느끼게 한다.

이 술병을 한참 들여다보고 있으면 잘록한 병목에서 흘러내리는 선이 어깨선 같기도 하고 엉덩이 선 같기도 하다.

고려청자대접도 한 점 있다.

술병과 나란히 짝을 맞추어 앉아 있다. 키는 5.8센티이고 폭은 18센티다. 몸은 술병보다는 약간 진한 맑은 청회색을 띠고 있다.

그릇 안쪽에 국화무늬 세 개와 흰 동심원 두 개가 같은 간격으로 상감되어 있고, 바닥부분에는 동심원 두 개가 평행으로 음각되어 있다.

이 도자기는 강하지 않은 청자 표면의 색과 강하지 않은 무늬들이 소박하여 친근감을 준다. 그러나 아쉽게도 두 군데 귀가 떨어졌다. 귀가 떨어진 한쪽은 실금까지 가 있다. 그런데 귀가 떨어지는 것도 도자기의 이야기이고 역사이다. 오래 살다보면 이런 상처 없는 삶이 어디 있겠는가.

몸매는 낮은 굽에서부터 올라가는 선이 날렵하지도 않고 퉁명스럽지도 않으면서 굉장한 영원감을 준다. 바닥에 엎어놓으면 풍만한 몸에서 솟은 여성의 젖가슴 같기도 하고 경주의 커다란 왕릉 같기도 하다. 표면에는 푸른 유약이 핏줄처럼 유선처럼 흘러가며 힘을 주고 있다.

나는 오래된 이 청자 술병과 청자 차 대접을 아끼고 좋아한다. 그래서 책장 한 칸을 비우고 나란히 앉혀놓고 있다. 술병과 차 대접은 다른 장소에서 다른 시대에 다른 용도로 구워졌지만 부부처럼 애인처럼 둘이 잘 어울린다.

부부나 애인도 이런 존재일 것이다. 다른 장소에서 다른 때에 태어났지만 서로 잘 어울리는 한 쌍. 이 술병과 대접은 시골 읍내 선배의 한약방에 갔다가 내가 계속 눈길을 주자, 선배가 직접 신문지에 싸서 건네준 것이다.

구름과 흰 눈과
청양장

시골 동네는 낮은 산의 서쪽에 있다. 햇살이 늦게 드는 음지다. 그래서 눈도 늦게 녹는다. 그러나 서쪽으로 밭과 논이 있는 들판을 건너 높은 산이 멀리 있다. 하늘이 서쪽으로 훤히 열려 있어서 해가 지는 것과 때때로 아름다운 노을을 볼 수 있는 동네다.

어려서부터 서쪽으로 트인 맑고 빈 하늘과 구름으로 가득한 하늘을 보면서 자랐다. 구름이 온갖 사물의 모양을 만들면서 지나가는 것을 오랫동안 보았다. 구름 속으로 새가 날아가 박히는 것과, 비행기가 파란 하늘에 흰 선을 그으면서 지나가는 것을 보았다.

때로는 서해안 공군기지에서 날아온 제트기가 굉음을 울리며 하늘을 한 바퀴 돌아서 사라져가는 것을 귀를 막고 바라보기도 했다.

이런 가운데 파란 하늘과 시시때때로 변하는, 마치 우리 인생과 같은 구름의 모양을 쳐다보며 옮긴 것이 「구름」이라는 시다.

별 하늘에
구름 한 덩이가 일어나더니

쥐를 만들었다가

소를 만들었다가

호랑이를 만들었다가

토끼를 만들었다가

용을 만들었다가

뱀을 만들었다가

말을 만들었다가

양을 만들었다가

원숭이를 만들었다가

닭을 만들었다가

개를 만들었다가

돼지를 만들었다가

또, 뭘 만들지?

하늘에는 열두 동물 눈들이
말똥말똥

—졸시 「구름」 전문

시의 첫 문구는 사실 '빈 하늘에'가 적절했고 원래는 그렇게 되어 있었다. 그러나 나중에 어린이용 그림책을 준비하면서 고민 끝에 '별 하늘에'로 고쳤다. 그리고 이 시를 안선재(Anthony) 수사가 영어로 번역하여 책 뒤에 실었다.

안선재 수사는 영국 태생으로 옥스퍼드대에서 학위를 받고 1985년부터 서강대 영문과 교수로 있다가 퇴직한 분이다. 1994년 한국으로 귀화했으며, 한국의 시집과 소설을 30종 넘게 영어로 번역했다고 한다. 이분이 번역한 내 시는 아래와 같다.

A Cloud

In the starry sky, a cloud appears,

makes a mouse

makes a cow

makes a tiger

makes a rabbit

makes a dragon

makes a snake

makes a horse

makes a sheep

makes a monkey

makes a chicken

makes a dog

makes a pig.

What else might it make?

Up in the sky, the eyes of those twelve animals

gaze down.

　그리고 이 시는 김재홍 화가의 그림과 함께 한 권의 책으로 묶였다. 동시그림책 『구름』이 된 것이다. 나는 인생이라는 것이 빈 하늘에 한 점 구름이 모였다가 흩어지는 것과 같다는 동양의 사상에서 이 시를 착상했다. 여러 가지로 형태를 바꾸며 잠시 지나는 구름을 인생무상에 비유한 것이다.

　구름은 천 가지 만 가지 물건을 만들지만 그걸 책에 모두 담을 수는 없으니, 구름이 생겨서 순차적으로 쥐, 소, 호랑이, 토끼, 용, 뱀, 말, 양, 원숭이, 닭, 개, 돼지를 만든다는 내용으로 단순화시켰다.

　처음에 이 시를 어디에 발표했는지 기억이 없다. 아마 발표를 했더라도 그림책을 만드는 동안 퇴고를 하면서 많이 바뛰었을 것이다.

동시그림책으로 만들고 나서 나는 뜻하지 않게 동시도 써봐야겠다는 마음을 먹었다. 시로 한정된 내 문학의 영역확장이라는 의미와 함께 시장의 반응도 금방 일어났기 때문이다.

이제는 나를 시에만 가두지 않고 시와 관련된 시평이나 시 창작론에서 동시까지 넓혀보자는 것이었다. 동시가 내 문학을 풍부하게 하고 내 시의 한계를 극복해줄 다른 힘이 될 수도 있다는, 시와 동시가 서로 맞물리면서 시에 활력을 불어넣을 수도 있겠다는 생각에서였다.

『구름』은 시장 반응도 시와 다르게 일어났다. 1년 만에 5천 부를 찍었고, 지금까지 1만 부가 나갔다. 프랑스에 저작권이 수출되었으며, 2016년 볼로냐 아동도서전의 한국관 특별전 선정 도서가 되기도 했다.

이런 반응에는 화가의 정치한 그림이 한몫을 하였지만, 깊고 폭넓은 공감을 얻을 수 있었던 시의 내용도 빼놓을 수 없을 것이다. 이 시의 내용은 동양의 오랜 인생관을 형상화한 것이다.

인생이란 무엇인가? 결국 한 조각 구름이 생겨났다가 없어지는 것과 같다. 인생에 대한 이런 무상감은 나에게 체화된 불교적 인생관과도 맞닿는다.

이 시는 별이 뜬 빈 하늘에 우연히 피어오른 작은 구름 한 덩이에서 시작된다. 그리고 쥐, 소, 호랑이, 토끼, 용, 뱀, 말, 양, 원숭이, 닭, 개, 돼지를 만들다가 사라진다. 결국 나중에는 밤하늘에 동물의 눈들만 말똥말똥 빛난다. 이렇게 우리 모두는 인간과 친숙한 열두 동물로 비유되는 삶을 살다가 사라지는 것이다.

시간도 그렇다. 지금은 거의 사라졌지만, 우리 조상들은 자시(子時), 축시(丑時), 인시(寅時)와 같이 열두 동물을 시간대별로 배열하여 하루의 시간을 나누어왔다. 그러니 우리 인생 전체와 하루의 시간이 친숙한 동물로 이루어진 것이다. 따라서 이 책은 어린이뿐만 아니라 어른의 것이기도 하다.

이런 동시와의 인연으로 『창비어린이』(2014년 겨울호)에 동시를 처음 발표하였다. 그러니 내 첫 동시발표작은 「낚시터」와 「흰 눈」 두 편이다. 이후 다른 잡지에도 동시 몇 편을 발표했다.

그리고 우연히 「흰 눈」이 어느 아동문예지가 선정하는 '올해의 좋은 동시'에 가장 많은 표로 뽑히기도 하였다.

겨울에 다 내리지 못한 눈은

매화나무 가지에 앉고

그래도 남은 눈은 벚나무 가지에 앉는다.

거기에 다 못 앉으면 조팝나무 가지에 앉고

그래도 남은 눈은 이팝나무 가지에 앉는다.

거기에 또 못 앉으면

쥐똥나무 울타리나

산딸나무 가지에 앉고

거기에 다 못 앉으면 아까시나무 가지에 앉다가

그래도 남은 눈은

찔레나무 가지에 앉는다.

앉다가 앉다가

더 앉을 곳이 없는 눈은

할머니가 꽃나무 가지인 줄 알고

성긴 머리 위에 가만가만 앉는다.

　—졸시「흰 눈」전문

　이 시를 본 출판사 대표가 동시그림책으로 만들어보고 싶
다고 해서 결국 또 한 권의 그림책이 되었다. 겨울에 미처
내리지 못한 흰 눈이 나뭇가지에 앉아서 꽃으로 핀다는 발
상이다.

　거기다가 더 극적인 것은 할머니 머리에까지 흰 눈이 내려
앉아서 할머니 머리가 세월이 갈수록 하얘진다는 것이다. 사
람이 늙어서 머리가 세는 것이 아니라 흰 눈이 한 해 한 해
내려앉아서 센다는 발상이다.

　이것은 기후와 식물과 인간, 즉 천지만물과 사람이 연결되
어 있다는 만물동근의 생각에서 나온 것이다. 이것 역시 동

양의 오랜 생각이다.

이 시도 안선재 수사가 아래와 같이 영어로 번역하여 책
끝에 실었다.

White Snow

The snow that could not all fall in winter

settles on the branches of plum trees

Then the snow left over settles on the branches of cherry

trees.

Whatever cannot settle there

settles on the branches of spirea bushes

Any still left over settles on the branches of fringe trees.

And any that finds no room there

settles on privet hedges or the branches of dogwood trees

then any left over

settles on the branches of acacias

then any remaining snow settles on the branches of wild
rose briars.

settling, settling,

finally any snow with nowhere to settle

mistakes Grandmother for the branch of a flowering tree

and settles softly on her thin hair.

그런데 원래 잡지에 발표한 시는 아래와 같다.

"겨울에 다 내리지 못한 눈은/ 매화나무 가지에 앉고/ 그
래도 남은 눈은 벚나무 가지에 앉는다/ 거기에 다 못 앉으
면/ 조팝나무 가지에 앉고/ 그래도 남은 눈은/ 이팝나무 가
지에 앉는다/ 거기에 또 다 못 앉으면/ 아까시나무 가지에
앉다가/ 그래도 남은 눈은 찔레나무 가지에 앉는다/ 앉다가

앉다가 더 앉을 곳이 없는 눈은/ 할머니가 꽃나무 가지인 줄만 알고/ 성긴 머리 위에 가만가만 앉는다."

비교해보면 알겠지만 원래의 시를 그림책으로 내면서 조금 가감하였다. 그림은 젊은 화가인 주리가 그렸다. 한 그림책 서평가는 "주리 작가의 마술, 공광규 시인의 마술", "시와 그림으로 자연과 인생의 마술을 보여주는 그림책"이라고 표현하기도 했다.

물론 이 책보다 한 달쯤 먼저 동시그림책 『청양장』이 나왔다. 그림은 한병호가 그렸다. 고향의 가까운 면 소재지에도 남양장(사양장)이 섰지만 인구가 급격히 줄면서 지금은 서지 않는다.

처음에는 '사라진 사양장'을 제목으로 삼아보려 했지만, 그것보다는 현재 존재하는 청양장이 낫겠다는 생각이 들었다. 어른이 된 지금도 어릴 적에 경험한 시골의 장터 풍경 속으로 들어가는 것은 즐거운 일이다.

당나귀 팔러 온 할아버지 귀가 당나귀 귀다.

돼지 팔러 온 할아버지 코가 돼지 코다.

송아지 팔러 온 할아버지 눈이 송아지 눈이다.

토끼 팔러 온 할머니 입이 토끼 입이다.

고양이 팔러 온 할머니 볼이 고양이 볼이다.

염소 팔러 온 할아버지 수염이 염소수염이다.

강아지 팔러 온 할머니 속눈썹이 강아지 눈썹이다.

닭 팔러 온 할머니 종아리가 닭살이다.

오리 팔러 온 아줌마 엉덩이가 오리 엉덩이다.

메기 팔러 온 아저씨 입이 메기입이다.

문어 팔러 온 할아버지 머리가 문어 머리다.

새우 팔러 온 할머니 허리가 새우처럼 굽었다.

원숭이 데려온 약장수 얼굴이 원숭이 얼굴이다.

약장수 주변에 사람들이 가장 많이 모여 있다.

모두 길짐승과 날짐승과 물고기를 닮았다.

—졸시 「청양장」 전문

책 끝에 실은 안선재 수사의 번역문은 아래와 같다.

Cheongyang Market

The ears of the old man with a donkey for sale are donkey's ears.

The nose of the old man with a pig for sale is a pig's nose.

The eyes of the old man with a calf for sale are a calf's eyes.

The lips of the old woman with a rabbit for sale are

rabbit's lips.

The cheeks of the old woman with a cat for sale are cat's cheeks.

The beard of the old man with a goat for sale is a goat's beard.

The eyebrows of the old woman with a puppy for sale are puppy's eyebrows.

The calves of the old woman with a goose for sale have goose bumps.

The behind of the woman with a duck for sale is a duck's behind.

The lips of the man with a catfish for sale are catfish lips.

The hair of the old man with an octopus for sale is octopus tentacles.

The back of the old woman with shrimps for sale is bent like a shrimp.

The druggist with a monkey has a monkey's face.

Most people are gathered around the druggist.

They all look like animals and birds and fish.

그런데 이 시는 처음 발표한 내용과 많이 달라졌다. 처음에 『문학청춘』(2014년 겨울호)에 발표했던 시는 아래와 같다.

"토끼 팔러 온 할머니 입이 오종종 토끼입이다/ 소 팔러 온 할아버지 눈이 왕방울 눈깔이다/ 고양이 팔러 온 할머니 얼굴이 고양이상이다/ 족제비 가죽 팔러 온 할아버지 턱이 뾰쪽하다/ 닭 팔러 온 할머니 종아리가 닭살이다/ 뱀 팔러 온 할아버지 눈이 뱀눈이다/ 강아지 팔러 온 할머니 눈이 강아지 눈망울이다/ 염소 팔러 온 할아버지 수염이 염소수염이다/ 양 팔러 온 할머니 젖이 무릎까지 늘어졌다/ 돼지 팔러 온 할아버지 코가 돼지 코다/ 밴댕이젓 팔러 온 할머니 성질이 밴댕이 소갈머리다/ 새우젓 팔러 온 할아버지 허리가 새우처럼 굽었다/ 메기 팔러 온 할머니 입이 메기입이다/ 원숭이 데리고 온 약장수가 원숭이를 닮았다/ 약장수 주변에 사람들이 가장 많이 모여 있다/ 모두 길짐승과 날짐승과 물고기를 닮았다"

이러한 시를 그림책으로 만들면서 다시 정리했던 것이다. 사람이 시골에서 살다보면 가깝게 지낸 날짐승이나 길짐승이나 물고기를 닮는다는 것에서 착안하였다. 가만히 살펴보면, 날짐승과 지내는 사람은 날짐승을 닮았고 길짐승과 지내는 사람은 길짐승을 닮았다. 물고기를 파는 사람은 물고기를 닮았다. 당장 시장에 가보라.

얼마 전 신문에서 이런 기사를 읽었다. 개를 키우는 사람은 종종 자신의 개와 닮았다는 말을 듣는데, 이런 현상이 우연의 일치이거나 착각이 아니라 과학적 근거가 있다는 것이다. 사람들은 배우자를 선택할 때처럼 자신과 닮은 개를 선호한다는 것이다. 신기한 것은 얼굴만 닮은 것이 아니라 성격도 비슷하다는 것이다.

소장수는 소와 오랜 시간을 지내다보니 소를 닮고, 뱀장수는 뱀과 오래 어울리다보니 외모의 어느 구석이 뱀을 닮고, 고양이장수는 얼굴이 고양이를 닮았을 것이다.

담장을 허문
시에 대한 후일담

졸시 「담장을 허물다」의 발상은 청주 흥덕문화원 시 창작 교실 수강생들과 보은으로 소풍을 갔다가 얻은 것이다. 창작 교실은 도종환 시인이 조직한 것이었는데, 이재무 시인, 유성호 문학평론가, 그리고 나까지 넷이서 기초반, 심화반의 2개 반을 격주로 번갈아가며 하던 강의였다. 문학기행을 제주도까지 갈 정도로 인원도 많고 분위기가 좋았다.

초목이 무성한 여름, 청주에서 보은으로 가는 길가에는 들꽃들이 한창이었다. 언덕에 있는 오래된 집 담장 한쪽이 허물어져 있었는데, 담장 안 화단의 꽃들이 차창으로도 다 보였다. 그렇다면, 담장을 허문다면 담장 안에 있는 꽃이나 밖에 있는 꽃들이 모두 하나의 정원을 이루지 않을까 하는 생각이 들었다.

이런 시상을 놓치지 않으면서 이렇게도 써보고 저렇게도 써보았지만 시가 잘 만들어지지 않았다. 시에 긴 호흡이 붙지 않았다. 더구나 최근에 써지는 시들이 지난 시집의 틀을 벗어나지 못하여 고민이 많았다.

시들이 거의 소품이고, 개인의 감정이나 일상만 어루만지면서 판박이 시를 쓰다가 시인의 이력을 마치지 않을까 하는 불안감이 들었기 때문이다. 유장한 서사시 한 편쯤은 써야 큰 시인이 아닌가 하는 생각을 해오던 터였다.

그러던 중 시의 구체적 장소를 고향으로 설정하면서 시가 풀려가기 시작했다. 어려서부터 자란 고향의 지형과 지명과 역사를 잘 알기 때문에 시가 긴 호흡으로 잘 풀린 것이다. 결국 시도 시적 대상에 관한 정보가 많아야 잘 써진다는 생각이 들었다. 실제로 고향집 담장도 한쪽이 무너진 채로 있다.

이 시에 등장하는 지명이나 대상들은 고향 시골집을 중심으로 한 것들이다. 우연이겠지만 대충 짐작만 했던 시골집 가격 900만 원도 시를 발표하고서 한참 후에 청양군에서 날아온 '2013.1.1 기준 개별주택가격 결정통지문'을 보니 9,480,000원(전년도 가격 8,970,000원)이라고 적혀 있었다. 이 글을 다듬고 있는 2016년도 가격은 12,200,000원이다.

이 고향집은 1950년 전쟁이 나던 여름에 지은 흙집이다. 대지 236평에 본체는 건평 22평에 불과하다. 물론 헛간채는 따로 있다. 목련나무가 서 있는 텃밭 쪽으로 1970년대 새마을운동 때 쌓은 것으로 보이는 시멘트 블록 벽돌담이 있는데, 한쪽이 무너진 지 오래다.

이 무너진 곳으로 텃밭과 느티나무와 들판의 논과 건너편 마을과 그 마을 뒷산과 다시 그 뒷산이 첩첩이 보인다. 이 시를 『창작과비평』(2012년 가을호)에 발표하였고, 고양시에서 제정한 고양행주문학상(제1회)을 수상하였다. 수상소감에 나는 이렇게 썼다.

고향인 충남 청양에 1950년 전쟁이 나던 여름에 지은 흙으로 벽을 한 시골집과 논밭이 있습니다. 부모님이 다 돌아가셨으니, 빈집이 논밭을 지키고 있는 것입니다. 빈집으로 5년이 지났으니, 그 집의 주인은 사랑방 쪽문 위에 집을 지은 벌과 서까래 사이에 집을 지은 새와 뒤란 함석지붕을 덮은 대나무와 대나무밭에서 마당까지 내려온 칡덩굴과 새가 씨앗을 똥으로 옮겨와 자란 자리공과 바람으로 번식한 풀들입니다. 시의 샘물인 고향의 느티나무와 비어 있는 시골집과 논밭에 절

을 올립니다. 이제 절묘한 아름다운 표현으로 무릎을 치는 시
도 좋지만 가슴을 후련하게 하는 시도 써보려고 합니다. 아니
인간의 마음이라는 것이 복잡한 것이니 슬프고도 아름답고,
그러면서도 낭만적이고, 그러면서도 호방한, 어느 것도 버리
지 않는 시를 써보려고 합니다.

2013년에 이 시를 표제작으로 하여 시집을 냈는데, 시「담
장을 허물다」 전문은 아래와 같다. 수상소감처럼 시가 호방
하고 시원한 내용이 되었는지는 모르겠다.

시가 좋다는 칭찬과 함께 좀 길다는 지적도 있었지만,
2013년『작가』가 선정한 오늘의 시에서 가장 많은 표를 얻어
값비싼 몽블랑 만년필을 부상으로 받기도 하였다.

고향에 돌아와 오래된 담장을 허물었다
기울어진 담을 무너뜨리고 삐걱거리는 대문을 떼어냈다
담장 없는 집이 되었다
눈이 시원해졌다

우선 텃밭 육백 평이 정원으로 들어오고
텃밭 아래 사는 백 살 된 느티나무가 아래 둥치째 들어

왔다

　느티나무가 그늘 수십 평과 까치집 세 채를 가지고 들어
왔다

　나뭇가지에 매달린 벌레와 새 소리가 들어오고

　잎사귀들이 사귀는 소리가 어머니 무릎 위에서 듣던 마른
귀지 소리를 내며 들어왔다

　하루 낮에는 노루가

　이틀 저녁엔 연이어 멧돼지가 마당을 가로질러갔다

　겨울에는 토끼가 먹이를 구하러 내려와 밤콩 같은 똥을 싸
고 갈 것이다

　풍년초꽃이 하얗게 덮인 언덕의 과수원과 연못도 들어왔
는데

　연못에 담긴 연꽃과 구름과 해와 별들이 내 소유라는 생각
에 뿌듯하였다

　미루나무 수십 그루가 줄지어 서 있는 금강으로 흘러가는
냇물과

　냇물이 좌우로 거느린 논 수십 만 마지기와

　들판을 가로지르는 외산면 무량사로 가는 국도와

국도를 기어 다니는 하루 수백 대의 자동차가 들어왔다

사방 푸른빛이 흘러내리는 월산과 청태산까지 내 소유가
되었다

마루에 올라서면 보령 땅에서 솟아오른 오서산 봉우리가
가물가물 보이는데

나중에 보령의 영주와 막걸리 마시며 소유권을 다투어볼
참이다

오서산을 내놓기 싫으면 딸이라도 내놓으라고 협박할 생각
이다

그것도 안 들어주면 하늘에 울타리를 쳐서

보령 쪽으로 흘러가는 구름과 해와 달과 별과 은하수를 멈
추게 할 것이다

공시가격 구백만원짜리 기울어가는 시골 흙집 담장을 허물
고 나서

나는 큰 고을 영주가 되었다

—졸시 「담장을 허물다」 전문

이 시집을 낸 다음해인 2014년 여름에 아내와 시드니에 간 적이 있다. 호주에 사는 교포 문인들이 모인 자리에서 첨삭 식의 시 창작 강의를 하고, 시드니 정법사 법당에서는 나의 불교체험과 시를 주제로 이야기하기도 했다.

이때 인연이 된 호주 교포 최무길 선생께서는 나중에 시를 영어로 번역하여 유금란 수필가를 통해 보내왔다. 그러다가 나중에는 따님인 최현정 양과 함께 번역한 것도 보내왔다. 한국어를 놓고 호주 이민자인 아버지와 그의 딸이 영어감 각을 달리하고 있는 것이 재미있어서 양쪽을 동시에 소개해 본다.

Taking Down The Fence

by Kwang Kyu Gong

translated by Mookil Choi

When I came back to my home village,

the first thing I wanted was taking down the fence;

the slanting wall demolished and the squeaking gate removed.

The house became fenceless,

Commanding a good view.

First, my 600 pyung's veggie patch came in my garden.

One hundred years' old

zelkova tree, used to stand on the edge of the field,

Walked into my house, with its old wrinkled stump intact.

The tree brought its several hundreds pyung's shadow,

with three magpie nests, and all the green insects

dangling on the leaves and even bird's songs.

Leaves whispered like dried earwax in ear on mother's

lap.

They came too.

One day, a roe deer

The other two evenings,

Wild pigs hurried across the yard.

In winter, rabbits will come down for food

and leave bean-shaped droppings everywhere.

The orchard covered with wild daisies is graced with a

pond

They moved in with a big splash

with lotus flowers, clouds, sun and stars.

I felt like a prince.

Along the bank of Kum River

where several tens of poplar trees stand,

a brook flows babbling to itself.

Hundreds of acres of rice field on both sides

complete the view.

A state road cutting through

the field, which will take you to Mooryang Temple in

Oisan-Myun,

is carrying several hundreds of cars every day.

Even Mt. Wol and Mt. Sungtae, sleeping in blue haze,

came into my possessions.

Standing on the wooden floor,

I can have a glimpse of the distant peak of Mt. Oseo

rising in the land of Boryung.

Some day, I will have a legal fight with the prince of
Boryung over

the ownership title while drinking with him Makgoli.

If he is not willing to give up Mt. Oseo, then I will
threaten him to

give me his daughter.

If he still refuses, then

I will build a fence in heaven

to stop clouds, sun, moon and milky-way

from flowing towards

his territory of Boryung province.

After taking down the fence of

my half ruined country house,

which the Government appraised its worth

at meagre 9 million won,

I surely became the lord of the big village.

Notes:

* 1 Pyung: 3.3 square metre

* Makgoli: Korean rice wine

　다음은 최선생께서 세대가 다른 따님과 함께 번역한 것이다. 제목부터 영어감각이 다르다는 것을 알 수 있어서 일부러 소개해본다. 양쪽의 번역이 어떻게 뉘앙스를 달리하는지, 영어 원어민이 아닌 나는 알 수가 없다.

Tearing Down the Fence

by Kwang Kyu Gong

translated by Mookil Choi and Hyun Jeong Choi

When I returned to my childhood home,

I tore down the old fence :

pulled down the collapsing wall and ripped off the creaking gate.

The house became fenceless,

a fresh sight for tired eyes.

First, my garden welcomed a six hundred-pyeong vegetable patch.

And from the edge of the field,

a one hundred-year-old zelkova tree,

walked in with its whole trunk intact.

The tree brought with it a vast area of shade, three magpie nests,

and all the insects and birdsongs that hung off its branches.

The leaves came in, too,

making a sound like dried earwax falling onto my mother's lap.

One morning, a deer came by.

Then wild pigs ran around the yard,

for two nights straight.

In winter, rabbits came down looking for food

and left bean-shaped droppings everywhere.

As an orchard and pond from a wildflower-covered hill

moved in,

my heart felt full at the thought that this pond and

everything in it,

the lotus flowers, the clouds, the sun, and the stars,

was all my own.

The stream that rushes down the tree-lined Geum river;

the thousands of rice paddies that sit on both sides of the

stream;

the state road that cuts through the fields toward Broken

Ridge Temple in Oesan-Myeon;

the hundreds of cars that crawl down that road every

day;
are all mine, too.

Even the hazy blue peaks of Mount Wol and Mount
Seongtae
came into my possession.

If I stand up on the floor,
I can catch a glimpse of the top of Mount Oseo
rising from the land of Boryeong.

Someday, I will drink makgeoli with the lord of Boryeong
and challenge him for the land rights to that mountain.
If he refuses to give it up,
then I will threaten to take his daughter instead.

If that does not convince him,
I will put up a fence around the heavens
to stop the clouds, sun, moon, and Milky Way
from flowing towards

his land in Boryeong.

My run-down countryside home

is worth barely nine million won.

But after I tore down the fence,

I became the lord of a great province.

Notes:

* 1 Pyeong: 3.3 square meters

이 시는 곧 그림책으로 출간할 예정이다. 그림 작업을 할 그림작가와 함께 이미 시골집과 동네를 돌아보고 왔다.

그림책 뒤에 영국 출신의 번역가 안선재 수사의 영어 번역문을 실을 것이다. 그림책이 나오면, 안선재 수사 번역까지 합해서 세 가지 번역이 서로 어떻게 다른지 대조해보는 것도 재미있을 것 같다.

제4부

얼굴반찬이
되자

얼굴반찬이 되자

　졸시 「얼굴반찬」은 "얼굴이 반찬이여!"라는 전라도 고창 출신 직장 동료가 내뱉은 말을 듣고 발상하여 쓴 것이다. 일상 대화에서 흘러다니는 말을 시어로 낚아챈 것이다. 이따금 이런 계기로 시가 쓰이기도 한다.

　얼굴반찬 없이 끼니를 때우기 위해 먹는 밥은 밥이 아니라 사료에 불과하다는 생각이 들었다. 똑같은 밥과 반찬으로 밥상을 차려도 혼자 먹는 밥보다 둘이 먹는 밥, 둘이 먹는 밥보다 여럿이 먹는 밥이 맛있다는 것은 누구나 경험해서 알 것이다.

'논밥'이 생각난다. 어려서 시골에 살 때 논일을 하다가 동네 어른들과 논바닥에 둘러앉아서 먹던 밥이다. 똑같은 밥과 국이라도 모여서 먹는 밥이 맛있었다는 기억이 생생하다. 반찬이라고는 단무지 한 가지밖에 없는 차가운 도시락도 소풍가서 친구들과 둘러앉아 먹을 때가 제일 맛있었다. 얼굴이 반찬 역할을 하기 때문이다.

아무튼 졸시 「얼굴반찬」은 고등학교 사회문화 교재에 실려 있다. 교재 편찬자가 이 시를 실은 의도를 알 것 같다. 핵가족화 세태를 풍자한 시임을 눈치챘을 것이다.

옛날 밥상머리에는

할아버지 할머니 얼굴이 있었고

어머니 아버지 얼굴과

형과 동생과 누나의 얼굴이 맛있게 놓여 있었습니다

가끔 이웃집 아저씨와 아주머니

먼 친척들이 와서

밥상머리에 간식처럼 앉아 있었습니다

어떤 때는 외지에 나가 사는

고모와 삼촌이 외식처럼 앉아 있기도 했습니다

이런 얼굴들이 풀잎반찬과 잘 어울렸습니다

그러나 지금 내 새벽 밥상머리에는

고기반찬이 가득한 늦은 밥상머리에는

아들도 딸도 아내도 없습니다

모두 밥을 사료처럼 퍼 넣고

직장으로 학교로 동창회로 나간 것입니다

밥상머리에 얼굴반찬이 없으니

인생에 재미라는 영양가가 없습니다.

　　─졸시 「얼굴반찬」 전문

　우리나라 사람들 대부분이 농사를 짓고 살던 내 어린 시절에는 대가족이 밥상에 둘러앉아 밥을 먹었다. 할아버지와 할머니, 심지어 증조할아버지와 증조할머니부터 손주들까지 식구가 일곱 여덟은 보통이고 열 명이 넘는 집도 많았다. 그래서 밥을 먹는 풍경은 장관이었다.

　온 식구가 두서너 개 밥상에 나누어 앉아 수저질을 했다. 제일 어른인 할아버지와 할머니가 앉은 상에는 주로 장손이나 막내 손주가 앉았다.

　이렇게 밥을 먹고 있을 때쯤이면 대문 밖에서 헛기침 소리가 나면서 "밥 좀 줘유!" 하는 소리가 들린다. 이 집 저 집 돌아다니며 말을 옮기기로 소문난 동네 아주머니거나 이 집 저집 논밭을 갈아주는 동네 아저씨다.

어머니는 얼른 부엌으로 가서 밥과 국과 수저를 챙겨와서 상 위에다 올려놓는다. 그야말로 밥상에 숟가락 하나 더 놓는 것이다. 이웃집 아주머니나 아저씨는 밥이 맛있고 반찬은 더 맛있다는 아부를 늘어놓는다. 언제 모내기를 해야 하고 누구네 염소가 새끼를 몇 마리 낳았다는 등의 구성진 이야기를 밥상 위에 양념으로 가득 늘어놓기도 한다.

가끔 먼 도시에 사는 친척들이 피서를 올 때도 있는데, 시골밥이 맛있다며 자꾸 먹다가 체하여 손톱 위를 바늘로 따고, 그러다 안 되면 밤길을 걸어 면 소재지에 있는 약방에 소화제를 사러 간 적이 종종 있었다.

무엇보다 할아버지나 할머니 생신 때 차려지는 밥상은 제법 푸짐하였다. 오랜만에 고기반찬도 있고, 술잔이 밥상 위를 건너다녔다. 이런 낯선 체험을 하는 어린 마음도 행복하고 배가 불렀다.

나는 공부와 생계를 위해 이 도시 저 도시로 떠돌다가, 이제는 결혼을 해서 일산 신도시에 살고 있다. 이렇게 도시에서 돈벌이에 급급하며 살다보니 자연히 친척들과도 멀어지게 되었다. 시골 부모님은 물론이고 나처럼 생계를 위해 떠도는 동생들과도 만날 기회가 드물다.

아내가 차려준 밥상도 출근을 서두르다보니 먹는 둥 마는 둥 하고 수저를 내려놓기가 일쑤다. 아내가 건강을 걱정하며 고기를 볶고 생선을 굽고 과일을 깎아서 이것저것 먹어보라고 권하지만 새벽 일찍 먹는 밥, 혼자 먹는 밥이 맛이 있을 리 없다.

그다음에는 서로 다른 학년의 아이들이 서로 다른 시간에 겨우겨우 눈을 비비고 일어나 밥을 끼적거리며 먹는 둥 마는 둥 하고 학교에 간다. 아내 역시 혼자 남아 밥을 먹는 둥 마는 둥 할 것이다.

저녁밥도 마찬가지다. 학년이 낮은 아이가 학교에서 일찍 돌아와 밥을 먼저 먹고 학원에 가고, 그다음에 다른 아이가 와서 밥을 게 눈 감추듯 입에 퍼넣고 학원으로 달려간다.

그리고 나는 직장 회식에서 이어지는 술집을 두어 군데 전전하다가 밤늦게야 집에 들어오는 때가 대부분이다. 이러니 집에서 저녁을 먹을 일이 거의 없다. 나는 아내가 점심이나 저녁밥을 언제 어떻게 챙겨 먹는지 생각해본 적도 없고 물어본 적도 없다. 아내 역시 혼자 먹는 밥이라 맛이 없을 것이다.

요즘에는 도시나 시골 어디든 혼자 밥 먹는 사람이 많다. '혼밥'이라는 유행어까지 등장했다. 얼굴반찬 없이 밥을 사료처럼 퍼먹고 있다. 그러니 밥맛이 없는 것도 당연하다. 인생에서 재미라는 영양가를 섭취하지 못하고 있는 것이다. 하루에 한 번, 아니면 일주일에 한 번이라도 온 식구가 밥상에 둘러앉아 서로가 얼굴반찬이 되어주면 좋겠다는 생각이 든다.

혼자 밥 먹는 사람이 많은 사회는 나쁜 사회다. 사람 중심이 아니라 돈 중심의 사회가 혼자 밥 먹는 사람을 많이 만들고 있다. 핵가족화를 넘어 가족의 해체를 낳았다. 그래서 여럿이 모여 밥 먹을 기회도 없고, 가족끼리 북적대며 사는 재미가 없다. 대부분의 사람이 외롭다. 인생이 쓸쓸하다.

인생 최고의 문제는 사는 재미다. 재미있어야 행복하고 행복해야 성공하는 인생이다. 우리나라의 고질적인 문제가 된 양극화, 빈곤층 증가, 중산층 감소, 실업률 증가, 지나친 입시경쟁, 저출산과 고령화는 사는 재미를 감소시켰다. 행복을 방해한다. 식탁 주변으로 사람을 모으지 못하게 한다.

주위에 혼자 사는 사람이 많다. 가정을 꾸리지 못하고 혼자 사는 남자가 가정을 꾸린 남자보다 자살을 4배나 많이 한다고 한다. 청춘남녀들이 돈과 직장 때문에 사랑을 포기하고 있고, 결혼을 하더라도 육아와 교육비 때문에 출산을 꺼린다.

사랑을 포기하고 출산을 꺼리는 정말 나쁜 사회가 되었다.

　이런 사회이기는 해도, 집단에서 왕따를 당하거나 결혼을 포기하거나 사별이나 이혼으로 혼자된 친구를 가끔이라도 찾아가서 얼굴반찬이 되어주면 좋겠다는 생각이 든다. 혼자 사는 독거노인을 찾아가서 함께 식사를 하는 것은 더 좋은 일이겠다.

노장 감독의 103번째 영화

임권택 영화감독이 103번째 영화를 졸시 「시래기 한 움큼」을 소재로 만들겠다는 글을 한 일간지에 실었다고 친구가 문자로 보내왔다.

신문을 찾아보니 〈나를 흔든 시 한 줄〉이라는 코너에 시를 인용하고 "급속한 산업화로 잊혀진 소중한 것들/ 동명의 103번째 영화로 만들 생각"이라는 제목의 글이었다. 인용한 시는 아래와 같다.

빌딩 숲에서 일하는 한 회사원이
파출소에서 경찰서로 넘겨졌다

점심 먹고 식당 골목을 빠져 나올 때

담벼락에 걸린 시래기를 한 움큼 빼서 코에 부비다가

식당 주인에게 들킨 것이다

"이봐 왜 남의 재산에 손을 대!"

반말로 호통 치는 주인에게 회사원은

미안하다며 사과했지만

막무가내 식당주인과 시비를 벌이고

멱살잡이를 하다가 파출소까지 갔다

화해시켜 보려는 경찰의 노력도

그를 신임하는 동료들이 찾아가 빌어도

식당주인은 한사코 절도죄를 주장했다

한몫 보려는 식당 주인은

그 동안 시래기를 엄청 도둑맞았다며

한 달 치 월급이 넘는 합의금을 요구했다

시래기 한줌 합의금이 한 달 치 월급이라니!

그는 야박한 인심이 미웠다

더러운 도심의 한가운데서 밥을 구하는 자신에게

화가 났다

"그래, 그리움을 훔쳤다, 개새끼야!"

평생 주먹다짐 한 번 안 해본 산골 출신인 그는

찬 유치장 바닥에 뒹굴다가 선잠에 들어

흙벽에 매달린 시래기를 보았다.

늙은 어머니 손처럼 오그라들어 부시럭거리는

—졸시 「시래기 한 움큼」 전문

시에서 빌딩숲은 광교를 중심으로 종각에서 명동 입구까지 이어진 금융타운을 말한다. 지금은 제2금융을 중심으로 많은 금융회사들이 여의도로 옮겨갔지만, 여전히 대형 금융회사 본점들은 그대로 남아 있다.

내가 20년 넘게 밥을 구하러 다니는 사무실은 다동 빌딩에 있고, 다동 옆은 무교동이다. 무교동은 술집이 유명했다지만 70년대의 일이어서 나는 경험을 하지 못했다. 그러나 오래된 밥집이 여전히 남아 있고, 나는 그 밥집들을 20년이 넘게 점심과 저녁으로 순회하고 있다.

지금은 대부분 헐리고 새로운 건물이 들어섰지만, 적어도 10여 년 전만 해도 한옥과 옛 담이 남아 있는 음식점이 많이 있었다. 그런 집 담에는 시래기가 걸려 있었다. 음식점에서 시래기 된장국을 끓이는 데 사용하려고 걸어놓은 것이다.

시골에서만 보던 시래기를 도시의 빌딩숲에서 보니 반가

울 수밖에. 시래기가 잘 말랐는지 만져보기도 하고, 냄새가 어떤지 코를 가까이 대고 냄새를 맡아보기도 했다. 시래기를 보면 시골집이 생각나기도 하고, 냄새를 맡다보면 할머니나 어머니 냄새가 나기도 했다.

그러나 식당주인들은 시래기에 손대는 것을 싫어했다. 시래기를 만지지 말라는 식당주인의 호통을 듣기도 했다. 그러다가 '뭐, 이런 것 가지고 그러느냐'고 주인과 시비가 붙기도 했다. 파출소가 가까우니 쉽게 파출소에 같이 가는 경우도 있었다. 술집이 많으니 술집에서 일어나는 일도 많아서 파출소에 가는 일도 있었다. 손님끼리 싸우다가도 가지만 손님과 주인이 다투다가 가는 경우도 있다. 이런 경험을 시로 쓴 것이다.

신문 기사를 보니 임감독은 "102번째 영화 〈화장〉을 마친 어느 날 이 시를 처음 읽었다. 도시의 평범한 샐러리맨이 식당에서 시래기 한 움큼을 집어 나오다가 도둑으로 몰려 경찰서까지 가게 된다. 얼마나 삶이 각박했기에 시래기 한 움큼 때문에 이런 시비가 붙었을까. 알고 보면 그 야박한 식당주인도 처음부터 그런 사람은 아니지 않았을까"라고 하였다.

그럴 것이다. 그 식당주인도 높아가는 임차료나 이웃 식당들과의 경쟁으로 마음이 각박해졌을 것이다. 다동과 무교동 거리는 점심때가 되면 빌딩에서 빠져나와 식당을 찾아 몰려가는 화이트칼라 물결이 장관이다.

아무튼 임감독은 "시를 읽으며 머리에 새로운 영화가 떠올랐다. 103번째 영화가 될 '시래기 한 움큼'이다. 이 시가 전하는 것처럼 급속한 산업화와 함께 정신없이 앞만 보고 달려오던 우리가 잃어버린 것들을 한 번쯤 돌아보고 싶다"고 하였다.

그리고 "〈화장〉이 그랬듯이 지금껏 내가 찍은 100편의 영화와는 다른 방식이기를 위해 단편 다큐멘터리로 찍을 생각이다. 다큐멘터리는 처음이니 걱정도 많다. 하지만 성과에 무관하게 나의 시도 자체가 젊은 後輩들에게 격려가 될 것 같아 용기를 냈다. 다음달 〈화장〉이 개봉하고 나면 슬슬 작품 구상에 들어갈 생각이다. 진한 시래깃국 생각이 난다"면서 글을 마쳤다.

시간이 제법 흘렀지만 졸시 「시래기 한 움큼」으로 영화가 만들어지고 있다는 소문은 아직 듣지 못했다. 김훈의 소설을 영화화한 것이 〈화장〉이다. 이 영화가 흥행한 것 같지는 않다. 물론 예술영화를 만드는 임감독에게는 흥행이라는 것이 무의미할 수도 있다.

나는 계간 『시와소금』에서 마련한 영화평론가 전찬일 선생의 인터뷰에 응한 적이 있다. 시인이나 시를 제재로 한 영화, 영화 자체가 시적인 것 등을 두 사람이 아는 만큼 개관하였다. 전선생은 인터뷰에서 문학의 결과 영화의 결이 다르다는 의견을 내기도 했다. 어느 쪽이 우월하다는 것은 아니다. 그리고 영화 〈동주〉를 사람들을 모아서 같이 보기도 했다.

문학이나 책이 그런 것처럼 영화도 운명이 있는 것 같다. 영화 〈시래기 한 움큼〉이 여든의 노장 감독에 의해서 어떻게 만들어질 것인지 도저히 감히 잡히지 않는다.

'정 ○ 용'을 아십니까?

　나는 공장에 다니다가 문학을 하고 싶어서 또래보다 좀 늦게 대학에 들어가 국문학을 전공하게 되었다. 시를 습작하고 문학개론을 배우고 문학비평을 배웠다. 문학사도 배웠다. 시를 써서 선후배들과 어울려 합평을 하는데, 어떤 선배는 이렇게 쓰라고 하고 어떤 후배는 저렇게 써야 한다고 했다. 이렇게 해도 저렇게 해도 도무지 시가 잡히지 않았다. 지도교수께서도 시 창작의 해법을 풀어주지 못했다.

　그러던 어느 날 학교도서관 자료실에서 옛 잡지와 신문 영인본을 보게 되었다. 물론 당시에도 연구자나 눈이 밝은 또래들은 영인본을 찾아서 읽었겠지만, 생계와 학업을 병행하느라 바빴던 나는 보고 들은 것이 없어서 처음 대하는 것들이었다. 그 영인본에는 필자들의 이름이 지워져 있거나 아니면 이름 가운데 일부를 ○로 표시해놓고 있었다. 이를테면 '김○준' 이런 식이다. 심지어 어떤 것은 아예 이름이 '○○○'이었다.

호기심에 이끌려 한자투성이의 영인본 잡지와 신문들을 읽어가면서 '정○용'의 「유리창」이라는 시를 만났다. 첫 줄 "유리에 차고 슬픈 것이 어린거린다"의 절제된 슬픔, "물먹은 별이, 반짝, 보석처럼 백힌다"는 아름다운 비유, "고흔 폐혈관이 찢어진 채로/ 아아, 늬는 산ㅅ새처럼 날러갔구나!"라는 격한 슬픔으로 가슴이 저려오는 그 시를 읽고서, 나는 '아, 시는 이렇게 쓰면 되는 거구나' 하는 깨달음을 얻게 되었다.

'정○용'이 궁금하여 문학비평 담당 교수님을 찾아가서 여쭈었더니, '정지용'이라는 시인이라고 하였다. 그런데 월북을 해서 그의 시를 볼 수 없다는 것이었다. 나는 더이상 질문하지 않았다. 그리고 무슨 이유에선지 이미 서른이 가까워 복학한 선배를 통해 정지용의 시집과 산문집 영인본을 얻어 읽게 되었다. 선배의 부인이 대학에서 강의를 하는 문학연구자여서 빌리는 게 가능했던 것이다.

몰래 구한 영인본은 비매품이었고, 당시에는 금서(禁書)였다. 정치적 시위가 잦은 시절이어서 가지고 다니다가 경찰의 불심검문에 걸리기라도 하면 곤욕을 당할 것이 뻔해서 원고지에 또박또박 필사를 하고 돌려주었다. 금서의 역설이라고나 할까, 얼른 돌려줘야 하니까 단기간에 몰입해 정지용의 시와 산문을 필사하면서 나는 시 창작 방법과 문장 짓기를 나름대로 터득했고, 재학중에 등단을 했다.

등단하고 2년 후인 1988년에 정부는 월북문인들의 작품을 공식적으로 읽을 수 있도록 금서에서 해제하였다. 88올림픽대회를 앞두고 국제여론을 의식한 정치적 결단이었던 모양이다. 이를 계기로 그동안 영인본으로 찔끔찔끔 만났던 임화와 백석과 오장환과 이용악과 박세영의 시를 정식으로 출간된 시집으로 만나게 되었고, 내가 배워온 현대문학사가 반쪽밖에 안 되는 것이었다는 사실도 깨달았다. 임화의 시 「우리 오빠와 화로」나 「네거리의 순이」를 읽어가면서 울컥하기도 했다.

나는 보고 들은 것이 없어서 이런 선배 시인들을 일찍 만나지 못한 것을 오래도록 아쉬워했다. 대학 때까지 한 번도 배워본 적이 없었고 이름도 낯설었다. 교과서에도, 전공인 문학사에도 아예 등장하지 않았기 때문이다. 당연히 이들의 이름이나 시는 대학입시에도, 자격시험에도 나오지 않으니 공부할 필요가 없었다. 결국 대학에서 국문학을 전공하면서도 이 시인들이 문학사에 존재하는지조차 몰랐다. 한마디로 '가짜 문학사'를 배운 것이다.

역사교과서 국정화 논란을 지켜보면서 한편으로 나의 문학 공부 과정이 오롯이 떠올랐다. 오랫동안 금기시되었던 이런 시인들의 시를 어려서부터 읽으면서 공부했더라면 우리 세대의 문학이 더 풍요로운 쪽으로 달라질 수도 있었을 것이라는 생각이 든다. 문학이든 역사든, 과거 국정교과서에 실린 교육 내용과 범위가 너무나 정치적인 기획이고 술책에 불과하다는 것을 내 짧은 개인사를 통해서도 경험할 수 있었기 때문이다.

역사교과서 문제도 그렇다. 정부와 일부 수구세력은 역사학자와 지식인 집단의 반대에도 불구하고 역사교과서 국정화를 무리하게 추진하고 있다. 이들의 의도는 뻔하다. 실제로는 지금의 정치권력과 경제권력을 쥐고 있는 핵심 세력의 기원인 친일과 쿠데타를 미화하거나 위장하면서, 독재를 은폐하고 광주항쟁을 왜곡하는 내용으로 '가짜 역사'를 만들겠다는 것이다.

국민이 원하지 않는 일은 하지 말아야 한다. 역사가 정치적 쟁점이 되는 건 어떤 의미에서는 당연한 일이지만, 자칫

하다가는 섣부른 국론분열만 가져올 뿐이다. 정부는 국민들의 역사적 상상력과 관점의 다양성을 해치는 역사교과서 국정화 정책을 즉시 그만두어야 할 것이다.

맨발 산행

1994년부터인가 맨발로 산행을 시작했으니 벌써 20년이 넘었다. 첫 맨발 산행은 충북 영동 천태산이었다. 어느 신문에선가 소개된 맨발 산행 관련 기사를 보고 시작한 것이다. 맨발로 땅의 기운을 받으며 걸으면 건강해질 수 있으리라는 기대 때문이었다.

그렇다고 내가 건강이 나빠서 시작한 것은 아니다. 지금까지 음식도 안 가리고, 감기에 걸려 결석이나 결근을 해본 적이 없다.

첫 맨발 산행을 하던 때는 가을이었다. 차가운 흙 기운과 낙엽 길을 기억한다. 그리고 나무와 바위와 숲에 대하여 공손히 절하고 싶었던 기억도.

당시에 김성동 소설가가 천태산 영국사(寧國寺)에 머물고 있었다. 은행나무가 무척 크고 아름다운 이 절에 문인들과 함께 도착했을 때, 그는 '도피안'이라고 음각한 글자에 먹물을 넣고 있었다.

그가 맨발 산행 소감을 물은 것 같은데 뭐라고 대답했는지 기억이 안 난다. 그후 사람들과 어울려 관악산을 같이 맨발로 넘었고, 전라도 어느 절에서 여름 결제를 마치고 올라온 비구니인 고종사촌 누이와도 북한산을 같이 맨발로 넘었다.

백두산도 천지까지 개량한복을 입고 맨발로 올랐는데, 중국 사람들이 나를 보고 웃었다. 대학 문학회 후배들이 창작 교실을 민주지산 기슭에서 열었을 때는 체력을 과시하려고 맨발로 정상까지 뛰어갔다 왔는데, 돌산이라서 힘들었던 기억이 난다.

겨울 새벽 태백산 산행에서는 100미터도 못 가서 등산화를 신었다. 그러나 오대산 산행 때는 눈 속과 얼음 위를 걸어 상원사까지 갔다 오는 데 성공했다. 고행이었다.

대학로에서 열린 6·10항쟁 10주년 기념행사 때 오랫동안 만나지 못한 옛 문인들이 여럿 보였다. 다들 호프집으로 몰려가, 과거처럼 시위를 위해 모일 기회도 없으니 이참에 모임을 하나 만들자고 해서 만든 것이 산악회였다.

처음에는 '6·10산악회'라고 하다가 '물봉(勿峰)산악회'로 이름을 바꿨다. 매주 토요일 오후 2시면 구기동파출소 앞에서 모이는 대로 몇 사람이 되든 등산을 했다.

북한산이 지겨우면 관악산도 가고 다른 산도 갔다. 매주 꼭 참석해야 한다는 강제성이 없고 다른 친구나 식구들을 데리고 와도 되었다. 물론 나는 항상 혼자고 맨발이었다.

몇 년 전 쌍계사 뒤로 산행을 하는데 여성 등산객 일행이 맨발 산행이 건강에 좋으냐고 물어왔다. 나는 집사람이 아침이 되어도 침대에서 놔주지를 않기 때문에 월요일이면 늘 지각을 한다고 대답했다. 웃으라고 하는 얘기다.

평일에는 매일 늦게 들어오고 휴일에는 가족과 보내지 않는다고 오히려 아내가 화나 있을 때가 많다. 나에게만큼은 등산이 오히려 부부생활에 방해가 된다고 보아야 한다. 하여튼 나는 시를 한 편 써서 발표한 적이 있다.

맨발에 벌레와 곤충이 밟히고 닿을까봐 피하고

살이 베일까봐 날카로운 풀잎과 사나운 가시나무를 피했으나

나무뿌리와 바위와 모래와 진흙만 밟았다고 생각했으나

마른 나뭇잎과 썩은 풀잎과 떨어진 새 깃털을 밟았을 것
이다

그것뿐이겠는가?

산비둘기 부러진 뼈와 청설모 썩은 살갗도 밟았을 것이고

짐승이 걸어간 발자국 위에

내 맨살 발자국을 따뜻하게 섞었을 것이다

그것뿐이겠는가?

만년동안 쌓인 표토 위에 천년동안 만들어진 부식토와

부식토 사이로 뻗은 나무뿌리와 풀뿌리와

풀뿌리가 잡고 있는 사람 사체 가루도 밟았을 것이다

그것뿐이겠는가?

표토와 부식토에 살아 있는 수조 개 박테리아와 균과 원생
동물과

수백만 마리 지렁이와 곤충 알을 밟았을 것이다

수만 개 유기물과 무기물과 살을 맞댔을 것이다

그것뿐이겠는가?

—졸시 「맨발 산행을 하며」 전문

산에 오르기 전에 신발을 벗으면 그 순간부터 겸허해진다.

발이 다칠까 조심스럽게 걷다보니 발바닥 감촉이 밟는 곳마다 다르다는 것을 알게 되고, 행동이 조심스러우니 만나는 큰 바위나 나무를 보면 공손해져서 절을 하고 싶은 마음이 저절로 우러난다.

풀잎이 밟혀도 맨발이니까 짓이겨지거나 꺾이지 않게 된다. 벌레는 징그러우니까 사람이 피해 다닌다. 흙을 밟을 때도 등산화나 구두처럼 꽉꽉 밟지 않으니 땅이 파이거나 눌려서 다져지지 않는다.

딱딱한 등산화로 밟아서 땅이 다져지면 비가 와도 스며들지 않아서 그 위로 물이 계속 흐르게 된다. 이 때문에 등산로가 빗물에 파여서 엉망이 되는 것이다. 사람이 밟아 땅이 다져지면 좀처럼 파이지 않을 것 같은데 그게 아닌 것이다.

자연히 처음에 건강을 생각해서 시도한 맨발 산행이 뭇 생명을 살리고 산도 보호하게 된 것이다.

금강산 관광이 시작되면서 금강산 훼손을 걱정하는 사람이 많았다. 하루에 1천여 명이 몰려가 밟아대는 금강산이 온전할 리가 없다. 그야말로 사람의 발길 자체가 자연파괴니까.

한라산, 지리산, 소백산, 북한산 등 내가 다녀본 모든 등산로가 파이지 않은 곳이 없다. 맨발 등산을 하는 사람들이 많아졌으면 하는 바람이다.

대통령 추모시집

노무현 전 대통령이 절명시를 남기고 서거했다. 노대통령보다 나중에 서거한 김대중 대통령은 자신의 일기에서 이렇게 말했다.

자고 나니 청천벽력 같은 소식―노무현 전 대통령이 자살했다는 보도. 슬프고 충격적이다. 그간 검찰이 너무도 가혹하게 수사를 했다. 노 대통령, 부인, 아들, 딸, 형, 조카사위 등 마치 소탕작전을 하듯 공격했다. 그리고 매일같이 수사기밀 발표가 금지된 법을 어기며 언론플레이를 했다. 그리고 노 대통령의 신병을 구속하느니 마느니 등 심리적 압박을 계속했다. 결국 노 대통령의 자살은 강요된 거나 마찬가지다.

이렇게 이명박 정권에 의해 자살로 내몰린 노무현 전 대통령이 남긴 비운의 절명시는 다음과 같다.

너무 많은 사람들에게 신세를 졌다

나로 말미암아 여러 사람이 받은 고통이 너무 크다

앞으로 받을 고통도 헤아릴 수가 없다

여생도 남에게 짐이 될 일밖에 없다

건강이 좋지 않아서 아무것도 할 수가 없다

책을 읽을 수도 글을 쓸 수도 없다

너무 슬퍼하지 마라

삶과 죽음이 모두 자연의 한 조각 아니겠는가

미안해하지 마라

누구도 원망하지 마라

운명이다

화장해라

그리고 집 가까운 곳에 아주 작은 비석 하나만 남겨라

오래된 생각이다

참회와 용서, 불교적 상상력이 가득한 이 절명시를 남기고 떠난 노무현 전 대통령의 노동자관은 어땠을까? 1989년 실천문학사에서 창간한 『노동문학』에 당시의 국회의원 노무현은 「매 맞는 노동자의 희망」이라는 글을 썼다.

다소 돌발적인 이 글은 노동자에게 "새해 복 많이 쟁취하십시오"라는 표현을 담고 있다. 그는 이 말의 의미를 다음과 같이 부연하고 있다.

이 말의 의미는 복이란 운 좋게 하늘에서 뚝 떨어지는 것이 아니고, 우리 노동자들처럼 몸뚱이 하나로 먹고사는 사람들에게는 스스로의 노력에 의해서만 얻어진다는 것이다. 새삼스러운 진리를 다시 한번 깨닫게 한다. 행복한 삶. 우리의 운명은 남의 손에 맡길 수 없고 우리가 개척해나가야 하는 것이기 때문이다. 행복은 부대끼며 살아가는 우리의 삶 속에 있어야 한다. 돈 많고 권력 있는 사람들의 욕망 속에 행복이 있는 것이 아니라 우리들 작업복 입고 일하는 소박한 사람들의 마음에 행복이 깃들어야 할 것이다.

그는 노동자들이 노동조합을 결성하고 활동하라고 한다. 그렇게 하는 것이 이러한 행복을 찾는 길이라는 것이다. 당시에도 노동계에서는 공권력 투입에 의한 직장폐쇄와 노조 간부 구속, 노동자들에 대한 공권력과 회사측의 집단테러, 미국인 기업체인 모토로라의 구사대 폭력, 방위사업체인 풍산금속 노동자들에 대한 군경의 진압 등이 자행되고 있었음이 그의 글을 통해 생생하게 전해진다.

그는 글의 마지막 부분에서 이렇게 호소한다.

올해는 이 땅에서 구사대 폭력을 추방하자. 푸대접 받는 노동자의 삶도 억울한데, 회사측의 사주를 받아 양심을 팔고 공권력과 결탁해서 자행되는 대리 싸움에 더이상 놀아나서는 안 된다. 우리 모두 힘을 모아 사악한 모든 음모를 물리치고 평등하고 행복한 삶을 누릴 수 있는 사람 사는 세상을 만들기 위하여 함께 나아가자.

2009년 7월 22일, 이명박 정권하의 대표적 악법 가운데 하나인 '금융지주회사법'과 '미디어관련법'이 난장판 국회에서 날치기로 통과된 날, 노무현 제16대 대통령 추모시집 『고마워요 미안해요 일어나요』(화남)의 출판기념회가 인사동의 한 카페에서 있었다.

나는 이 시집에 「49재에 오신 궁민(窮民) 여러분께」라는 시를 발표했다.

저 죽지 않았습니다.

몸을 버리러 가면서까지

잡초를 뽑는 것 다 봤을 겁니다.

몸은 바위 아래 버렸으나

벼 포기 사이 오리로 태어났습니다.

곡식과 강물 위 햇살로 태어났습니다.

공장 기계소리로 태어나고

상점 호객소리로 태어났습니다.

저는 논두렁에 있습니다.

광장과 거리에 있습니다.

시장과 술집과 다방에 있습니다.

법당과 성당과 교회에 있습니다.

노동자 대열 속에 있고

장애인 휠체어를 밀고 있습니다.

저는 주방 도마소리와

어린아이 보행기 앞에 있습니다.

저는 강바닥에 누워 소리치고 있습니다.

휴전선 철책과 홍등가에서 울고 있습니다.

부자들 계좌를 추적하고 있으며

국회의원 주둥이를 지켜보고 있고

청와대에서 귀신으로 배회하고 있습니다.

약자에게 강한 검찰의 조사서를 넘겨보고 있고

법정 판결문을 지켜보고 있습니다.

누가 사이비 기자인지 알고 있습니다.

잡초가 누구인지 아는 나는

목매 죽은 특수고용노동자와 함께 있고

불타죽은 철거민과 같이 있고

노숙자와 같이 살고

의분에 목매단 목사님과 같이 삽니다.

이들과 잡초를 뽑으러 다시 올 것입니다.

와서 잡초를 뽑고 말겠습니다.

저 죽지 않았습니다.

나는 생전에 그를 이런저런 자리에서 몇 번 봤다. 주로 노
동조합 강연이나 선거운동 자리였다. 민주노동당 당원이었

던 나는 그의 노동정책이 마음에 들지 않은 경우가 많았고, 그가 대통령으로 재임하던 때에는 한미무역협정 체결을 반대하러 미국 워싱턴에 원정시위를 가기도 했다.

추모시집은 단기간에 262명의 문인이 참여하여 484쪽의 큰 책으로 만들었다. 한 대통령의 죽음에 이렇게 많은 시인들이 추모시를 쓴 역사가 없어서 기네스북에도 오를 것이라고 한다.

지나고 보니 고(故) 노무현은 이렇게 추모를 받을 만한 대통령이었고 인간이었다.

곱돌 고드랫돌과
곱돌 벼루

1.

고향에는 표면이 매끄러운 곱돌 조각들이 지금도 굴러다
닌다. 커서야 곱돌을 활석이라고도 하고 납석이라고도 한다
는 것을 알았다. 아마 '고운 돌'의 줄임말이 '곱돌'이 아닐까
추측을 해본다.

인터넷에서 검색해보니 삼겹살을 굽는 불판이나 그릇을
만드는 데 곱돌을 사용하는 모양이다.

언젠가 시골집에 내려가 흙길을 걷다가 우연히 길바닥에
박혀 있는 익숙한 돌을 만났다. 곱돌이었다. 지표면으로 튀
어나온 모양이 가공한 흔적이 있었다. 흙을 조심스럽게 파서

꺼내보니 고드랫돌이 가로 결을 따라서 반으로 쪼개진 것이었다.

고드랫돌을 보자 어린 시절 추억이 떠올랐다. 친구 상경이네 할아버지는 내가 놀러갔을 때마다 사랑방에서 달그락달그락 끈에 매달린 고드랫돌을 놀려 돗자리를 짜고 있었다.

나는 할아버지, 할머니와 지낸 시간이 거의 없었다. 할아버지는 내가 태어나기도 전에 돌아가시고, 할머니는 굿을 좋아하셔서 그걸 반대하는 아버지와의 불화로 운곡 고모네에서 주로 사셨다.

그런데 할아버지, 할머니와 함께 사는 상경이네는 옛날 물건이 많아 볼 것이 많았다. 오래된 담뱃대와 재떨이와 망건과 옛날 나무그릇 등이 있었는데, 그 가운데 가장 눈에 띄는 볼거리는 돗자리를 짜는 기구들이었다.

작은방에서 흰옷을 입고 왕골이나 짚을 넣고 나란히 매달린 고드랫돌을 천천히 앞뒤로 넘기는 모습이 참 재미있었다. 고드랫돌이 부딪히는 달그락거리는 소리도 듣기에 좋았다.

나는 길에서 주운 고드랫돌을 물에 잘 씻었다. 그럴듯하게 마모가 되어서 그런지, 물먹은 곱돌 빛이 보기에 좋았다.

그동안 자리틀에서는 달그락달그락 서로 부딪히면서 마모가 되었고, 자리틀이 쓸모가 없게 되면서부터는 땅에 버려져 여기저기 굴러다니면서 표면이 매끄러워진 것이었다.

집으로 가져와서 벌꿀 단지를 담았던 나무상자 덮개에 고드랫돌을 올려놓고, 흙벽에서 떨어진 황토를 짓이겨 빈 데를 메웠다.

일종의 추상작품이 되었다. 상자에 나사못을 박고 구리철사를 감아 끈을 만들었다. 나무 기둥에 못을 박고 벽에 걸었다. 제목을 연필로 '균형, 2000.9.11'로 붙였다.

해놓고 보니 좌우대칭인 엉덩이 같기도 하고, 돼지 고환 같기도 하고, 또 뭐랄까. 아무튼 의미 있는, 동네에서 오래된, 이제는 유물이나 마찬가지인 땅에서 주운 곱돌 고드랫돌과 오래된 흙집에서 떨어진 황토의 조화였다.

이 작품을 시골집 사랑방에 걸어두었다가 어머니가 돌아가시고 빈집이 되면서 지금의 일산 아파트로 가져왔다. 이 작품을 보면 옛날 고드랫돌이 있던 시골 풍경과 오래된 시골 흙집이 생각난다.

2.

곱돌은 나나 동네 친구들에게 어려서부터 아주 친숙한 놀잇돌이었다. 밭에 굴러다니거나 돌무더기에 들어 있어서 아주 구하기 쉬운 돌이었다. 곱돌을 가지고 흙마당에 글씨를 쓰고 그림을 그렸다.

고향집 뒷산 너머에 있는 운장암이라는 암자에 돌로 만든 불상이 있는 걸 보면, 이 고장에서는 오래전부터 곱돌로 이런 불상을 조각했었나보다. 이걸 보고 나도 곱돌로 부처상을 조각해보려는 마음을 먹었으나 아직껏 시도하지 못했다.

『청양군지』(1995)를 보니 어느 지역에서는 곱돌로 만든 부처머리가 발굴되었다고도 한다. 또 청주박물관에는 아미타불을 곱돌로 조각한 비석상이 있는데, 백제의 유민들이 통일신라에 복속되어가는 과정을 알 수 있는 글이 새겨져 있다고 한다.

문득 백제 땅이었던 이 고장에서 떠나간 유민들이 곱돌로 조각을 했을지도 모른다는 생각이 들었다.

한번은 운장암 가는 길에 돌무더기 사이에서 넓적한 곱돌을 주운 적이 있다. 곱돌을 가지고 놀았던 경험이 많아서 멀리서도 곱돌인지 아닌지 알 수가 있다. 이 돌을 주워와서 삼겹살이나 돼지껍데기를 구워먹는 불판으로 사용했다.

그러다가 오래전부터 하고 싶었던 붓글씨 공부를 시작하면서 벼루로 만들었다. 벼루는 인사동이나 풍물시장에 가면 얼마든지 싸게 살 수 있지만, 고향에서 난 재료로 내 스스로 만든 걸로 사용하고 싶었다.

어차피 곱돌에는 먹이 잘 안 갈리고, 요즘은 먹을 직접 갈아서 사용하기보다는 문구점에서 먹물을 사서 사용하기 때문에 먹물 샘을 깊게 팠다. 표면이 좁고 깊을수록 먹물이 더디게 마르기 때문이다. 그리고 붓에 먹물을 조절하는 돌출물을 만들었다. 세상에 하나뿐인 벼루가 된 것이다. 더구나 오랫동안 풍화된 자연스러운 문양을 그대로 살려서 세월을 완상하도록 하였다.

이 곱돌 벼루를 보면 운장암 가는 산길을 걷던 옛날 생각도 나고, 산기슭의 돌무더기도 생각이 나고, 어린 시절 곱돌을 가지고 놀던 친구들도 생각이 난다.

긍정적으로
읽고 쉽게 쓴다

　나는 2015년에 출간한 『여성시 읽기의 행복』(시인동네)에 평론집이라는 부제를 걸었다. 작품 해설이나 서평, 논문 등을 묶은 것이다. 나는 한 번도 평론가라는 생각이나 의도를 가지고 글을 쓰지는 않았다. 그냥 시를 쉽게 평하고 마음대로 논하면 되는 것 아닐까, 이런 생각으로 쓴 것들이다.

　이 책은 홍윤숙, 유안진, 문정희, 최금녀, 김금용, 이승은 등의 시와 시조에 대한 해설과 서평을 정리하여 묶은 것이다. 여성의 글만 묶어서 주목을 받아보겠다는 의도도 있었다고 고백해야겠다. 평론집을 너무 안 읽으니까 어떻게든 읽혀보려고 했던 것이다.

시인들을 홍윤숙에서 최근 신인까지 연대순으로 배치해야 해서, 어느 분의 글은 단평의 조각글을 엮어 한 편의 글로 만든 것도 있다.

책에 묶인 시인들 명단을 보고 이들이 무슨 한국의 대표 시인이냐고 하겠지만, 나름대로 내 문학관과 원칙을 가지고 쓴 글들이다. 몇몇 독자의 반응을 보면 좋은 시는 유명한 시인이 아니라 진실한 시에서 태어난다는 것을 알 수 있다.

아무튼 나는 그동안 시와 관련하여 이것저것 쓴 글들에 대하여 다시 생각해보았다. 그리고 이제껏 시인과 시를 대해온 나의 태도를 정리해보는 계기가 되었다. 시인은 시와 관련한 모든 양식의 글이 가능해야 한다는 기존 생각도 다시금 곱씹어보게 되었다. 그리고 글을 어떻게 쓸 것인지에 대해서는 세 가지로 정리해보았다.

첫째는 쉽게 쓰는 것이다.

글이라는 것은 의사를 전달하기 위해서 발명된 것이므로 쉬워야 한다는 게 내 생각이다. 시를 포함해서 어떤 양식의 글이든 쉬워야 한다고 생각한다. 시도 그렇긴 하지만 대개의 평론문은 잘 읽히지 않는다.

그래서 시집보다 더 안 팔리는 책이 평론집이다. 책이 안 팔리는 것은 표현이 재미가 없고 내용이 어렵기 때문이다. 그리고 자신의 문학 활동에 별 도움이 안 되기 때문에 읽지 않는다.

안 읽기는 나도 마찬가지다. 우선 시간도 없고, 잘 안 읽히기 때문이다. 다만 내가 읽는 평론은 잘 읽히고 나름대로 비평관이 뚜렷한 것들이다. 비평관 없이 자기방어나 출판자본에 협력하기 위해 쓰는 평론가의 글은 왠지 시시해 보이고 읽기도 싫다.

또 문학을 넘어서 요즘 유행인 인문학을 공부하는 사람들도 평론집을 많이 읽어야 하는데 그렇지가 않다. 아마도 평론이 인문학에 별 도움이 되지 않는다고 생각하기 때문일 것이다. 다른 인문학 책에 비하면 형편없는 판매부수가 이를 말해준다. 시가 안 읽히는 게 시인의 책임인 것처럼, 평론집이 안 팔리는 것은 평론가의 책임이다.

아무튼 글은 쉬워야 한다. 평론에서 쉬운 글이 안 나오는 것은 무엇보다 어려운 전문용어를 가져다 쓰기 때문이다. 글들이 마치 평론가 집단에서만 사용하는 방언 같다. 특정 집단의 방언은 경우에 따라서 사회적 소통을 차단한다.

나는 방언 같은 전문비평용어를 피해 가면서 가능한 한 쉬운 글로 많은 사람들이 쉽게 읽을 수 있도록 쓰려고 한다. 시도 마찬가지다.

둘째는 사람과 지면을 가리지 않는다.

나는 집필 의뢰를 거의 거절하지 않는다. 시와 관련한 서평이나 해설, 시집의 뒤표지에 붙이는 짤막한 추천사나 성원의 글을 끊임없이 쓰고 있다.

평론가가 아니어서 평론 청탁은 드물지만 내 문학관을 정리할 기회이기 때문에 거절을 안 하고 수용한다. 어떤 글이든 못 쓸 게 없다는 생각이다. 이런 글들이 다른 사람의 시를 자세히 뜯어보면서 내 시를 강화한다는 생각을 하기 때문이다.

어떤 사람은 그래도 자리와 사람을 가려야 한다고 말하지만, 나는 서울과 지방, 중앙과 변방, 일류와 삼류를 가리지 않는다. 시를 쓰면 모두 시인이고, 어디에 살고 어디서 활동하든 시인으로 존중받아야 하기 때문이다.

시인은 누구나 똑같이 전국 어디서나 한국어를 다듬기 위해 애를 쓰고 모임을 갖고 행사를 열고 어울리면서 문화를 전승하는 역할을 한다. 그러니 모두 똑같이 중요한 시인이고 문인인 것이다.

지금은 예전과 다르게 문학잡지 필자가 평준화되었다. 문학에 대한 정보가 넘치고, 도서관도 있고, 인터넷도 있다.

시를 잘 아는 나의 문인화 선생님과 함께 저녁을 먹은 적이 있다. 문학상 얘기를 하는 도중에 시인은 상을 받으면 마음에 살이 쪄서 안 된다고 하였다. 공감이 가는 말이다. 마음에 살이 찌면 사람이 거만해져서 사람을 가리게 된다. 지면도 가리게 된다.

셋째는 긍정적인 시선을 갖고 쉽게 쓰는 것이다.

나는 시라는 것이 누가 지적해서 고쳐지는 게 아니라고 생각한다. 시는 역시 그 사람만큼 쓰는 것이다. 시만 그렇겠는가? 모든 글이 다 그럴 것이다. 시가 덜 되었다고 생각하는 부분을 내 나름대로 조심스럽게 지적하려고 하다가 그만둔다.

더욱이 비판이라는 것은 있을 수가 없다. 잘된 것만 칭찬한다. 이것이 맞는 방법일지 모르겠지만, 잘 못 쓴 곳을 지적하기보다 잘 쓴 것을 칭찬하면 시인들도 기분이 고양되어 시를 더 잘 쓸 수 있을 것이다.

좋은 시인도 쓰는 것마다 명작을 낼 수는 없다. 그래서 잘된 시나 잘된 부분만 긍정하고 칭찬한다. 그리고 시와 관련한 글을 쓸 때는 쉽게 쓰려고 한다.

아무튼 나는 모든 글을 쉽게 쓰고, 사람이나 지면을 가리지 않으려고 한다. 또 긍정적인 시선으로 현재 우리 사회에 넘치는 것들이 아니라 부족하고 미비한 것들을 다룬 시를 추적하고 발굴하려고 한다.

행동주의 문학

『논어』 미자편에 나오는 이야기이다. 세상 정치가 혼란스러워지자 숨어서 농사를 지으며 사는 장저와 걸닉이 밭일을 하고 있었다. 공자와 제자들이 어느 마을을 지나가다가 두 사람을 보았다. 공자의 제자 자로가 그들에게 길을 물어보려고 갔다. 걸닉은 그가 공자의 제자 자로임을 알아보고 이렇게 말했다.

"도도히 흐르는 것은 천하가 모두 그러한데, 이와 같은 혼란한 세상을 누구와 함께 바꿀 수 있다고 생각하는 거요? 그대는 악인들을 피해 다니는 공자와 함께 있는 것보다 난세를 피해 있는 우리들을 따르는 것이 낫지 않겠소?"

이렇게 말하고는 뿌린 씨를 덮는 일을 멈추지 않았다. 자로가 돌아와서 공자에게 이 일을 알리자 공자는 씁쓸한 기색으로 이렇게 말했다.

"우리들은 새나 짐승과 함께 어울려 생활할 수 없다. 세간 사람들과 같이 어울리지 않고 누구와 함께 어울린다는 것이냐? 만일 천하의 정치가 올바르게 이루어진다면 나도 너희들과 함께 개혁에 참여할 필요가 없지 않겠느냐?"

이것은 세간 사람들과 어울려 살아야 한다는 공자의 적극적 세계관이다. 세상에 바른 정치가 없는데도 숨어 살며 스스로를 위하는 사사로운 마음을 버리고 도가 실현되도록 역할을 해야 한다는 성인의 의지이다. 현실개혁을 위한 현실정치 참여의 필요성을 역설한 것이고, 난세를 피하는 도피와 은거를 넌지시 꾸짖는 말이다.

이것을 현실정치가 올바르지 않거나 사회가 혼탁할 때 문학을 하는 사람들이 적극적으로 개입해야 한다는 뜻으로 받아들인다면 무리일까?

미국발 금융위기로 전 세계가 장기불황에 직면하였다. 전 세계 민중의 삶이 무너지고 있다. 우리나라에서도 직장에서 내쫓긴 실업자와 취업을 앞둔 청년 유휴인력이 넘치고 있다.

자본이 수익 위주로 고용 없는 성장을 계속 추구하다보니 일자리가 없어졌기 때문이다. 임금노동자의 소득이 낮아지면서 소비가 위축되자 공장이 문을 닫기 시작한다.

이러한 미국의 경제위기는 자본이 노동자들에게 적정한 임금을 주지 않아서 일어났다는 견해가 유력하다. 결국 현재의 위기와 불황은 자본의 지나친 탐욕이 빚어낸 것이다. 급기야는 미국의 오바마 대통령이 구제금융을 받은 기업 경영자들의 급여를 제한하는 조치까지 취했다.

프랑스의 사르코지 대통령도 기업 최고경영자에 대한 급여 제한을 검토하는 한편, 기업 이윤을 노동자에게 공정하게 분배하는 방안을 강구하겠다고 밝혔다. 프랑스 노동자 250만 명이 정부 정책에 항의하는 대규모 파업을 벌인 지 일주일 만에 내놓은 정부의 대안이다.

자본이 부를 독점하려는 탐욕을 버리고, 국가가 개입하여 부의 분배를 조정하지 않는 이상 현재의 불황은 언제 끝날지 모른다. 우리나라는 이렇게 어려운 상황에서도 국민들만 다그칠 뿐, 재벌들은 그동안 그 많은 돈을 벌어들이고도 꿈쩍하지 않는다.

기업들은 돈을 쌓아놓고 있고, 기업의 총수들은 이러한 불황기에도 짭짤한 현금배당 수익을 올리는 것이다. 국회의원은 모름지기 국민을 위해서 일해야 한다고 말했던 모 재벌 출신 국회의원은 그룹 총수보다 더 많은 현금배당 수익을 챙겼으니, 이들은 국민의 어려움과 아무런 관련이 없는 자들이다.

한국의 자본이 이렇게 탐욕을 부리고 대통령이 자본을 편드는 것을 중단하지 않는 한 한국사회가 좋아지리라는 기대를 갖기는 어렵다.

2009년 1월 12일 인도 북부 바라나시에서 열린 한 세미나에서 티베트의 정신적 지도자 달라이 라마는 이러한 경제의 불황을 도덕성 위기에 따른 탐욕과 부패의 결과라고 하였다. 우리나라의 경우를 봐도 달라이 라마의 말이 틀리지 않는다.

그는 세계에 만연한 이기심, 자아 성찰과 정신문화의 부족이 작금의 세계경제를 위기로 이끈 주된 요인이라고 지적하였다. 사람들이 자신의 재산을 어떻게 소유하게 되었고, 그것이 다른 요소들과 어떠한 상관관계에 있는지 잊어버렸기 때문이라는 것이다. 그러면서 상호의존성 인식, 가치 있는 교육, 자연환경 보호를 주장했다.

조계종 총무원장 이지관 스님은 신년 기자회견에서 작금의 경제난 극복을 위해 모든 불자와 국민이 힘을 모아 사치하지 않고 검소하게 지낼 것을 강조했다. 그러면서 이웃을 위해 희망과 행복과 자비의 나눔운동을 펼치겠다고 밝혔다.

현재의 불황에 대하여 세계의 학자들은 신자유주의의 실패를 인정하고 자본에 대한 엄격한 규제와 사회복지의 확대를 강조하고 있다.

미국의 경우 오바마 정권은 작은 정부, 감세, 규제완화로 대표되는 레이거노믹스를 질타하면서 부자에 대한 증세, 규제강화 등을 내걸고 있다. 경제위기를 극복하기 위해서는 이러한 조치들이 필요하다는 주장과 동의가 있기 때문일 것이다.

그러나 한국의 현정권은 이와 반대로 부자 감세, 기업 감세, 친기업, 노조 약화, 규제완화, 고용유연화 등의 정책을 지향하고 있다. 서방 국가들의 경제운용 흐름과는 어긋나게 가는 것이다. 또 경기부양을 빌미로 부동산 규제를 완전히 풀어, 다시 한번 부동산 폭등을 조장하려 하고 있다. 이는 부자들에게 또다시 '대박'이라는 자산축적 기회를 줄 것이 분명하다.

그렇게 되면 사회는 양극화로 더 치닫게 되고, 그러다보면 결국에는 갈등과 폭력이 판칠 것이다. 이것이야말로 잘못된 정치가 조장한 사회의 갈등과 폭력이 아니고 무엇이겠는가. 정치가 바르게 이루어지면 갈등과 폭력이 일어날 리가 없다.

가장 좋은 정치는 국민들이 정치에 무심한 정치라고 하지 않는가. 사회갈등에서 시작되어 폭동이 일어나고 내전으로까지 비화될 경우에는 돌이킬 수 없는 지옥 속에서 수십 년을 헤매야 한다. 그러나 상식적인 사람이라면 누구도 이런 사회를 원하지 않을 것이다.

얼마 전 어느 철학연구 모임에서는 "사람이 경제에 예속되어 있고, 경제제일주의라는 용어가 나오는 것은 철학이 근본 구실을 못한 탓"이라고 반성하는 토론회를 가졌다. 철학의 사회적 소통을 회복하여 '활동의 철학'으로 대중과의 접점을 넓혀야 한다는 것이다. 이날 한 발제자는 "자신과 상관없는 철학사에 누가 관심을 갖겠는가?"라고 물었다.

마찬가지로 문단 역시 '대중이 자신과 상관없는 문학에 누가 관심을 갖겠는가?'라고 물어야 한다. 독자들이 문학을 외면하면서 문학의 위기론이 고개를 든 지 오래다. '활동의 문학'으로 대중과의 접점을 넓혀가야 한다. 대부분의 문학인들이 현실에 대해 무지하거나 알아도 함구하거나 현실과 상관없는 글만 써대고 있으니 독자들로부터 외면당하는 것도 당연한 일이다.

요즘 시들이 난삽, 난해하거나 심약하고 싱거워서 시집 한 권을 끝까지 읽어내기가 어렵다. 물론 요즘 시들만 그런 건 아닐 것이다. 세간과 상관없는, 문학을 위한 문학이라서 인내심을 가지고 읽어도 내용이 잡히지가 않는다. '재미있거나 의미 있거나' 한 것들이 별로 없는, 그야말로 헛글의 난무다.

왜 이런 현상이 벌어지는가? 문학이 현실과 만나지 못하고 있기 때문이다. 문학이 현실과 만나지 못하는 것은 문인들이 삶의 현장에 없기 때문이다. 시가 개인의 체험을 사회화하여 소통시키거나 독자들과의 공감을 이루어내지 못하기 때문이다.

그러나 문단의 일부에서나마 개인의 체험을 사회화하거나 사회적 사건을 문학으로 승화시키려는 노력이 없는 것은 아니다. 오히려 현장과 광장과 거리의 문학이 주류로 등장할 날이 머지않다.

환경 문제, 외국인노동자 문제, 통일 문제 등 우리 사회의 쟁점을 시로 쓰며 대추리 미군기지 이전 관련 투쟁, 한국철도공사 여승무원 정규직화 투쟁, 2008년 촛불 항쟁, 비정규직 투쟁, 팔레스타인 문제, 용산 재개발지구 참사 등에 관심을 갖고 직접 참여하거나 작품을 써내는 문인들이 있다.

이들의 문학을 '행동주의 문학'이라고 부르면 어떨까? 물론 '행동주의 문학'이라는 용어는 1930년경에 프랑스에서 등장하여 1935년 우리나라에 수입된 적이 있다.

문단의 한쪽에 인간과 사회를 위협하는 정치경제의 현실을 주시하면서 대중과 함께 사회를 바꾸어보려는 이들이 있다. 이러한 노력들은 머지않아 아름다운 보석으로 빛날 것이다.

시를 암송하는
프랑스 노인

최근에 100쪽이 안 되는 얇은 책 한 권을 읽었다. 프랑스의 아흔세 살 노인 스테판 에셀의 『분노하라』라는 책이다. 그는 한국어판 번역자와의 인터뷰에서 이렇게 말한다.

세상을 93년이나 살고도 여전히 이렇게 혼잣말을 합니다. "이렇게도 다양하고 풍요롭고 힘찬 삶을 살아왔다니! 굉장한 연애도 해보았고! 그러니 난 얼마나 운이 좋은 사람인가!"

1917년생인 이 노인은 독일에서 태어났다. 아버지는 유대계 독일인 작가였는데, 독일의 철학자 발터 벤야민과 함께 프랑스 작가 마르셀 프루스트의『잃어버린 시간을 찾아서』를 독일어로 번역하였다.

어머니는 시인 라이너 마리아 릴케,『멋진 신세계』를 쓴 소설가 올더스 헉슬리, 화가 에른스트 등과 친구 사이였다. 게다가 파리의 패션지 기자로 일하였으며, 말년에는 나보코프의 소설『롤리타』를 번역하기도 한 화가이자 예술 애호가였다. 그리고 〈쥘과 짐〉이라는 영화의 실제 모델이 될 정도로 자유로운 분위기의 여성이었다고 한다.

이 노인은 1939년에 파리고등사범학교에 입학하여 선배인 사르트르에게 큰 영향을 받았다고 한다. 사르트르의 저서『구토』,『벽』,『존재와 무』는 그의 사상 형성에 중요한 역할을 했다고 고백하고 있다. 사르트르는 스스로를 향해 이렇게 말하라고 가르쳐주었다고 한다. "당신은 개인으로서 책임이 있다"고.

고등사범학교를 다니던 시절에 이 노인은 철학자 헤겔의 열렬한 신봉자였다. 그리고 프랑스의 철학자 모리스 메를로-퐁티의 세미나를 들었다고 한다. 메를로-퐁티는 2차대전 때에 레지스탕스 운동에 가담한 실천적 지성이다.

낙관적 성향을 타고난 노인은 인류의 오랜 역사를 의미 있는 어떤 과정이라고 해석한 헤겔의 철학에 더 끌렸다고 한다.

2차대전이 발발하자, 노인은 학업을 마치지 못하고 참전하였다. 그리고 드골이 이끄는 자유프랑스에 합류하여 레지스탕스의 일원으로 활약하다가 1944년 파리로 잠입하였고, 연합군의 상륙작전을 돕다가 체포된다.

노인은 유대인 수용소에서 사형선고를 받았으나 극적으로 탈출하여, 전쟁이 끝난 후에는 외교관의 길을 걷는다. 그는 외교관으로 있으면서 1948년 유엔 인권선언문 작성에 참여한다.

인권선언문은 1948년 12월 10일 파리 샤이오 궁에서 공식적으로 채택되었는데, 그는 당시 유엔 부사무총장 겸 유엔 인권위원회 간사였던 앙리 로지에를 보좌하며 이 인권선언문 작성에 참여하게 된 것이다.

노인은 유엔 주재 프랑스 대사, 유엔 인권위원회 프랑스 대표를 역임하였고, 퇴임 후에도 인권과 환경 문제 등에 끊임없이 관심을 갖고 사회운동가로서 열정적으로 활동하고 있다고 한다.

노인은 마음의 중요성을 강조한다. 노인이 불교를 이야기한 건 아니지만, 덧붙이자면 마음은 불교의 핵심용어이기도 하다. 불교는 마음의 종교이다. 팔만대장경을 한 마디로 줄이면 '마음'이다.

이 노인의 말에 따르면, 인간의 지성과 감성을 키우고 책임 있는 존재로 만드는 것이 마음인데, 마음은 지속적인 교육을 통해서 계발해야 한다고 한다. 그리고 마음 교육을 위해서는 상상력의 힘을 빌려야 한다고 한다. 정신이 이성 쪽에 더 잘 반응한다면, 마음은 상상력이 발휘될 때 더 잘 반응한다는 것이 이 노인의 생각이다.

노인은 마음과 정신 양쪽을 다 계발하려면 평소에 시를 암송하는 연습을 할 필요가 있다고 한다. 노인 스스로도 시간을 꽤 많이 들여 시를 읽고 또 암송한다고 한다. 시를 암송하여 기억 속에 차곡차곡 쌓아놓은 것이 자신의 행복을 가꾸어가는 데도 큰 도움이 된다고 한다. 자신의 내면 곳곳에 시가 깃들어 있고, 살아오면서 겪은 최악의 순간에도 시의 도움을 받았다고 한다.

폭탄을 던지는 테러리스트를 용서하지는 못하더라도 이해는 할 수 있다고 하는 노인은 비폭력만이 우리가 가야 할 길이라고 강조한다. 폭력은 효과적인 수단이 아니라고 하는 그는 비폭력적인 희망을 이야기한다.

그런데 폭력적인 희망이 존재한다면, 그런 일은 아폴리네르의 시 「미라보 다리」에 나오는 "희망은 어찌 이리 격렬한

가!"라는 구절에서나 가능하리라고 한다. 폭력적인 희망이란 시어에서나 가능하다는 말이다.

　노인은 개인적으로 불문학에 빠지기도 했는데, 이십대 때부터 「미라보 다리」를 암송했다고 한다. 그 시는 이렇다.

　　미라보 다리 아래 세느강은 흐르고
　　그리고 우리들의 사랑도 흐르네.
　　내 마음속에 아로새기는 것
　　기쁨은 짐짓 고생 끝에 온다는 것을.

　　밤도 오고 종도 울려라
　　세월은 흘러가는데
　　나는 이곳에 머무네.

　　우리들의 팔뚝인 이 다리 아래로
　　싫증이 난 듯 지친
　　무궁한 세월의 흐름이 흘러가는데
　　우리들 손과 손을 마주잡고
　　마주대고 머물리…… 얼굴과 얼굴을

밤도 오고 종도 울려라

세월은 흘러가는데

나는 이곳에 머무네.

마치 흘러가는 이 물결과도 같이

우리의 사랑도 흘러가네.

사랑도 흘러가네.

아 어찌도 생명은 이같이 유유한 것이냐

희망은 어찌도 이같이 용솟음치는 것이냐.

밤도 오고 종도 울려라

세월은 흘러가는데

나는 이곳에 머무네.

해가 가고 달이 지나고

흘러간 세월도 지나간 사랑들도

다시 돌아오지는 않지만

미라보 다리 아래 세느강은 흐르네.

밤도 오고 또 종도 울려라

세월은 흘러가는데
나는 이곳에 머무네.

　　　—「미라보 다리」전문

　1961년에 동아출판사에서 출간한 『20세기 세계명시선』을 책장에서 찾아 인용했는데, 일부의 번역문은 "희망은 어찌 이리 격렬한가!"와 "희망은 어찌도 이같이 용솟음치는 것이냐"로 차이가 있지만 뜻은 같다.

　흘러가는 강물과 흘러가는 시간, 흘러가는 사랑을 병치시킨 이 시는 인생의 무상함을 탄식하고 있다. 그러면서 모든 것은 흘러가지만 시적 화자인 나는 이곳에 머문다는 의지를 담고 있다.

　이십대 청년 때 암송했던 시를 구십대가 되어서도 암송하고 있는 이 노인은 나치 독일의 강제수용소에 갇혀 있을 때에도 셰익스피어, 괴테, 횔덜린의 시구에 담긴 운율의 힘을 빌려 마음을 달랬다고 한다.

　그가 암송했을 시들이 무엇일까 궁금해진다. 독일에서 프랑스로, 전쟁터로 떠돌았던 그는 아마 횔덜린의 「고향」을 자주 암송했을지도 모른다.

지난 날 내가 물결치는 것을 보던 서늘한 강가에

지난 날 내가 떠가는 배를 보던 흐름의 강가에

이제 곧 나는 서게 될지라 일찍이 나를

지켜 주던 내 고향의 그리운 산과 들이여.

오오 아늑한 울타리에 에워싸인 어머니의 집이여

그리운 동포의 포옹이여 이제 곧 나는

인사하게 될지라. 너희들은 나를 안고서

따뜻하게 내 마음의 상처를 낫게 하리.

─「고향」 부분

그에게 시는 명상과도 같은 것이어서, 지금도 기억 속에 생생하게 살아 있는 여러 편의 시들 덕분에 편안하게 죽음을 받아들일 준비가 되어 있다고 고백한다. 그리고 이렇게 말한다.

그렇습니다. 죽음이란 마치 맛있는 음식을 먹는 것과도 같습니다. 우리는 절대적으로 그 죽음을 생생히 '살아내야' 합니다. 어쩌면 이생을 다 마치고 나면 우리의 모습은 사라지더라도 우리는 주변사람들의 기억 속에 시적인 정서로 남을지도 모릅니다.

내가 이 노인을 소개하는 것은, 현재 프랑스의 가치와 사회기반을 만든 사회정치적 상상력의 근원이 그가 암송한 시에 있는 것은 아닐까 하는 생각에서다.

시 암송은 우리 선조들이 오래전부터 해오던 공부 방식이었다. 그러나 언제부터인가 암송 교육이 사라졌다. 나도 대학을 졸업할 때까지 시를 암송하라는 지도를 받아본 적이 없다. 등단 26년이 되지만 내 시는 물론 다른 사람의 시 한 편 제대로 못 외우는 시인이다.

미국의 고등학교에서는 오래전에 사라진 시 암송 교육이 요즘 들어 부활하고 있다는 기사를 읽은 적이 있다(『워싱턴포스트』 2008. 5. 5). 학생들 역시 시 암송을 억압적으로 받아들이지 않고 자신을 표현할 수 있는 기회로 생각하고 있다고 한다.

그러면서 미국의 계관시인 찰스 시믹과 빌리 콜린스가 전하는 시 쓰기와 암송과 관련한 조언을 싣고 있다. 암송과 관련한 조언은 다음과 같다.

이해될 수 있도록 천천히 읽어라.

제목을 읽고 난 뒤 시의 첫 행을 읽을 때까지 몇 초간 쉬어라.

편안한 목소리로 읽어라. 무대에 선 것처럼 극적인 느낌으로 읽을 필요는 없다.

읽기를 쉴 때는 행의 맨 끝이 아니라 구두점이 있을 때만 하라.

익숙하지 않은 단어는 사전을 찾아보는 습관을 들여라.

프랑스의 현재를 만든 이 노인의 젊은 글과 대담을 읽어가면서 시 암송의 수준은 그 나라의 사회, 정치, 경제, 문화의 수준과 비례할지도 모른다는 생각을 해본다.

책 읽기 운동에 대한 생각

　도서나 도서전시회에 대한 무관심은 사회 전반의 문제와 연관된다. 책을 소홀히 하는 사회, 글 쓰는 사람의 생계가 여전히 팍팍한 사회, 책 읽기가 진학이나 향후 소득과 무관한 사회 분위기와 연관되는 것이다.

　얼마 전 국민이 시청료를 내는 공영방송에서조차 시청률이 낮다는 이유로 책 읽기 관련 프로그램을 폐지하겠다고 나섰다. 공익을 추구해야 하는 공영방송마저 이러하니, 다른 매체들이 책에 대하여 어떤 입장을 가질지는 가히 짐작이 간다.

　국민이 책을 읽고 사랑하게 하려면 사회를 바꾸어야 한다.

이를테면 학교수업과 입시제도에서부터 경제정책까지 바꾸어야 한다. 현실을 들여다보면, 학생들은 진학을 위해 책 읽기를 미루어야 하고, 취직을 한 뒤에는 장시간 노동 때문에 또 책 읽기를 포기해야 한다.

우리나라 노동자들이 세계 최장시간 노동을 하고 있다는 것은 이미 오래전부터 알려진 사실이다. 성년이 되어서는 여유나 여가가 없으니 책 읽을 시간을 가질 수가 없다.

당연히 책을 읽는 사람이 없으니 책을 쓰는 사람도 책이 안 팔려서 생활하기가 어렵다. 전업작가라고 하면 가난이 떠오르고 어떻게 사는지 걱정부터 된다.

돈으로 사람의 가치를 재는 풍토이니 작가들에 대한 일반적 인식도 그저 그렇다. 가끔 가는 강연에서 '작가를 사위나 며느리로 두고 싶은 분들 손들어보세요?' 하면 손드는 사람이 거의 없다.

경제정책도 마찬가지다. 자본에 대해서는 정부의 적절한 조정과 규제가 있어야 함에도 그런 게 없다. 그러니 도서유통체계를 대자본이 싹쓸이한 지 오래다. 대도시의 중소서점은 물론이고 지방 소도시의 서점들도 거의 전멸했다.

물론 서점만 그런 게 아니다. 중소영세기업들이 대기업에 먹히는 경우와 똑같다. 이것은 경제정책의 문제이고, 조정하고 규제할 정치의 문제이다. 갈수록 양극화되는 한국사회를 출판시장도 그대로 복사하고 있다.

당연히 사람들은 대도시의 대형서점 말고는 과거와 같은 다정다감한 작은 서점들을 만나볼 수 없게 되었다. 시간이 갈수록 사람들은 서점을 모르고 책을 모르게 될 것이다. 내가 가장 아쉬워하는 부분도 이것이다.

내 개인적으로도 평생 책을 가까이해야 할 운명이라서 은퇴 후에는 작은 서점을 차려서 집안 살림도 거들고 소규모 독서 모임 같은 것을 꾸려보면 어떨까 생각한 적도 있는데, 그 역시 가망 없는 일이 되었다.

그럼에도 불구하고 책 읽는 사회를 만드는 방법은 없을까? 나는 있을 것만 같다. 조기에 성과를 거둘 만한 가장 좋은 방법은 문학, 도서, 출판 관련 인사를 대통령으로 뽑거나 국회로 보내는 것이다. 그래서 책의 중요성을 환기시키고 정책적으로 풀어나가는 것이다.

그러나 쉽지 않을 것이다. 선거로 표 대결을 해야 하니 장담할 수도 없다. 그렇다면 출판 관련 단체들이 영향력을 행사할 수 있는 사람을 정계에 진출하도록 도와주는 것이다. 그러나 이렇게 진출한 사람도 언제 돌아서버릴지 모른다.

그러니 바닥을 준비해야 한다. 책을 읽는 바닥이, 풍토가,

배경이 없으면 영향력을 계속 행사할 수 없는 게 정치다.

결국은 책의 시초인 글을 쓰는 작가, 책을 만드는 출판업자, 책을 파는 서적상이 협력해서 기초를 다져가야 한다. 그런데 그 역시 작은 책 읽기 모임을 많이 만들어가는 데서 출발해야 한다고 본다.

책은 그 사람이고 그 사람의 미래다. 그래서 그 사람의 책장을 보면 그 사람이 어떤 사람인지 대강은 보인다. 당연히 그 사람의 미래도 보인다.

그래서 나는 다른 사람의 집이나 사무실에 가면 책장부터 살핀다. 어떤 책이 있는지, 어떤 책을 주로 읽는지, 양은 얼마나 되는지 보면서 그 사람을 대강 파악한다.

취향이 비슷한 책이나 책장을 보는 순간 친밀감을 느끼게 되고, 대화를 하면 책 이야기가 아니어도 금방 공감을 하고 마음이 통한다. 독서취향이 나와 비슷한 사람은 미래 역시 나와 비슷하게 가질 사람이다. 이렇게 비슷한 책을 읽는 사람들의 작은 모임을 곳곳에 만드는 운동을 하면 어떨까?

우선 마을이나 직장 단위에서 책 읽기 운동을 시작해도 좋을 것이다. 그러면서 마을이나 직장을 벗어나도 된다.

여기에 모임을 추동하는 지원이 뒤따르면 훨씬 잘 굴러갈 것이다. 이를테면 지자체와 기업의 복지예산 일부를 책 읽기

쪽으로 사용하면 된다.

　내가 낸 세금이니 지원을 요구해도 문제가 안 된다. 기업에서도 복지의 일부를 책과 관련하여 시행하면 되고, 독서휴가를 별도로 주어도 된다. 당장은 비용이 발생하는 것 같으나 장기적으로는 결코 손해볼 것이 없다. 종업원의 실력이 기업의 실력이니까.

　독서 모임을 도와주는 전문가를 주기적으로 파견해도 된다. 작가들에게 교육과정을 거치게 한 후 파견하면, 작가들의 생활에도 얼마간 도움이 될 것이다. 이런 모임들이 곳곳에서 일어나면 전국이 책 읽기로 활발해질 것이다.

　그러면 당연히 책 구입이 늘어나서 출판업도 번성하고, 작가들도 책이 잘 팔려서 생활에 도움이 될 것이다. 작가들의 생활안정은 더 좋은 글을 생산하는 데 도움이 되고, 독자들은 그만큼 더 좋은 글을 만날 수 있게 될 것이다.

시의 도시,
시의 직장을 선언하자

　얼마 전에 타계한 스티브 잡스는 "시에서 아이디어를 떠올린다"고 했다. 생각이 막힐 때 시를 읽으면 아이디어가 샘솟는다는 것이다. 그는 소설가인 여동생에게 "내가 컴퓨터 일을 하지 않았다면 프랑스로 가서 시인이 되었을 것"이라고 고백하기도 하였다니, 잡스가 시를 열심히 읽고 사랑하였음을 짐작할 수 있다.

　아랍에미리트 두바이 토후국의 통치자 무함마드는 평소에 시집을 끼고 다니는데, 그는 자신의 국가경영 발상이 시적 상상력에서 나왔다고 밝혔다고 한다. 오일 달러로 일군 국부와 뛰어난 건축물과 도시의 미관이 시적 상상력에서 나왔다는 것이다.

우리가 테러리스트라고 알고 있는 빈 라덴 역시 사우디의 명문가 출신 컴퓨터 공학도였으며, 운율을 잘 맞추는 숙련된 시인이었다고 한다. 많은 사람들이 그의 시를 녹음해서 들었다고 한다.

이런 사례를 보면, 시가 현실과 무관한 낡아 빠진 물건이 아닌 것만은 확실하다. 남미의 혁명가 체 게바라는 어땠는 가? 게릴라전을 벌이면서도 배낭에 무거운 고전을 넣고 다니고, 참호에서 모포를 뒤집어쓴 채 선배들의 시를 읽고 베끼고 썼던 귀족 가문의 의과대학 출신 혁명가다.

그는 전공인 의사 노릇을 그만두고 배고픈 사람들을 살리기 위해 혁명가의 길을 택하였다. 유품에는 일기 두 권과 공책 한 권이 있었는데, 공책에는 네루다 등 네 명의 시인이 쓴 69편의 시가 빽빽하게 필사되어 있었다고 한다.

그가 필사한 시들은 우리의 예상과 달리 주로 낭만과 사랑의 시들이었다고 한다. 아마도 사랑과 낭만이 그의 혁명의 목표이자 인생의 목표였기 때문일 것이다.

현대중국을 건설한 모택동도 시를 많이 쓴, 우리나라에도 번역된 시집이 있는 시인이었으며, 전쟁에서 미국을 이긴 베트남의 호지명도 시를 썼다. 호지명은 참호에서 정약용의

『목민심서』를 베고 잤다고 한다.

　우리 민족의 양대 문호인 고려의 이규보와 조선의 정약용도 수천 편의 시를 쓴 시인이자 고위관리였다. 그들의 문학과 학문, 민족적이고 정치적인 상상력은 시에서 나왔을 것이다.

　과거 우리 선조들은 어느 정도 문자를 깨치면 시를 읽고 썼다. 인재를 등용하던 과거제도가 있었는데, 이 시험을 보려면 시를 열심히 읽고 써야 했다. 시를 많이 읽고 쓰지 않고는 출세를 할 수 없었고, 출세를 못하면 먹고살기가 어려웠기 때문이다.

　그런데 구한말 과거제도를 폐지하고는 법률을 외우고 적용하는 고시제도를 도입하면서 시가 멀리 물러나게 되었다. 시가 생계나 사회적 지위향상에 별로 기여를 못하니 관심에서 멀어질 수밖에 없었을 것이다. 그러면서 인문교양이 죽은 삭막한 사회가 되었다. 요즘의 인문학 유행은 이런 사회에 대한 자각이자 반동일 것이다.

　더구나 시 교육의 잘못으로 시는 시인만이 읽고 쓰는 것으로 잘못 알거나, 시인을 성격이나 사생활이 특별한 부류로 여기기도 한다. 그러나 그렇지 않다. 앞에서 언급한 시를 사랑한 과학자나 정치가, 혁명가나 고위관리들을 보라. 시야말로 현실에 생동하는 상상력을 불어넣을 수 있는 중요한, 살아 있는 무엇이다.

현재 기업이나 학교, 공무원 사회에도 내로라하는 시인이 많고, 국회나 지방의회의 정치인 중에도 내가 아는 시인이 여럿이다. 이들은 생계를 위한 직업보다 시를 써서 더 행복하고, 자신이 시인인 것을 뿌듯해한다. 각종 문학 모임에도 나와 활발히 교제하면서 인생의 활력을 찾고 있다. 이들은 늘 정서를 공유하는 친구가 있어서 늙음을 모르고 있다고 한다.

지난 2013년, 문학에 관심이 많고 식견이 높은 박원순 서울시장이 '시의 도시'를 선언하겠다는 아이디어를 내놓았다. 서울시 공무원들이 구체적인 작업에 들어갔다. 나는 문학단체 실무자 자격으로 자문회의에 참석하였다. 그리고 '시의 도시 서울' 선언문을 직접 썼다.

'시의 도시 서울' 선언문

시는 아름다운 인생을 위해 인류가 발명한 아주 오래된 문화유산이다. 육백 년이 넘은 옛 도시 서울은 이런 문화유산을 간직한 세계적 보고이다. 그리고 서울은 그동안 수많은 시인이 태어나고 모여서 활동한 시의 도시이다. 우리 선조들이 시 읽기와 쓰기를 교양으로 자신과 사회를 조망하고 미래를 열어간 곳이다. 현재 서울 시민은 창조가 중시되는 감성의 시대에 살고 있다. 감성의 보고인 시를 읽고 쓰고 즐기면서 얻은 시적 감수성과 상상력으로 자신과 서울의 미래를 독창적으로 열어갈 것이다. 시를 많이 읽어서 자신의 운명을 아름답게 하고 서울의 미래를 자주적이고 활력 있게 가꾸어갈 것이다. 품격 있고 창의적인 문학 도시로 만들어갈 것이다. 이에 대한민국 수도 서울특별시를 2013년 11월 1일인 오늘 '시의 도시 서울'로 선언한다.

2013년 11월 1일

서울특별시 시장 박원순   국제펜 한국본부 이사장 이상문

한국문인협회 이사장 정종명   한국시인협회 회장 신달자

한국현대시인협회 이사장 심상운   한국작가회의 이사장 이시영

이날 서울시청 시민청에서 박원순 시장과 5개 문학단체장들이 모여서 선언문을 읽고 시를 읽었다. 한 도시에서 시장

의 의지와 지도력으로 이루어진 '시의 도시' 선언이었다.

나는 이러한 시의 도시 선언뿐만 아니라, 기업 차원의 '시의 직장' 선언도 추진해보면 좋겠다는 생각을 해본다. 직장 곳곳에 기존의 좋은 시와 직원들의 시를 써놓거나 낭송대회를 열면 어떨까.

시를 담은 단지를 회사 정문이나 건물 현관에 놓고 하루에 한 편씩 뽑아보게 하면 어떨까. 직원들이 스스로의 내면을 돌아보면서 마음과 인격이 고양된다면 직장 분위기도 훨씬 좋아질 것이다.

맑은 슬픔

초판 1쇄 인쇄 2016년 9월 19일
초판 1쇄 발행 2016년 9월 29일

지은이 공광규 | 펴낸이 염현숙 | 편집인 신정민

편집 신정민 최연희 | 디자인 엄자영 | 저작권 한문숙 박혜연 김지영
마케팅 방미연 최향모 오혜림 함유지 | 홍보 김희숙 김상만 이천희
모니터링 이희연 | 제작 강신은 김동욱 임현식 | 제작처 상지사

펴낸곳 (주)문학동네
출판등록 1993년 10월 22일 제406-2003-000045호
임프린트 교유서가

주소 10881 경기도 파주시 회동길 210
문의전화 031) 955-1935(마케팅), 031) 955-3583(편집)
팩스 031) 955-8855
전자우편 gyoyuseoga@naver.com

ISBN 978-89-546-4233-0 03810

* 교유서가는 출판그룹 문학동네의 임프린트입니다.
  이 책의 판권은 지은이와 교유서가에 있습니다.
  이 책 내용의 전부 또는 일부를 재사용하려면 반드시 양측의 서면 동의를 받아야 합니다.
* 이 도서의 국립중앙도서관 출판예정도서목록(CIP)은 서지정보유통지원시스템 홈페이지
  (http://seoji.nl.go.kr)와 국가자료공동목록시스템(http://www.nl.go.kr/kolisnet)에서 이용
  하실 수 있습니다. (CIP제어번호: CIP2016021641)

www.munhak.com